“十四五”全区大学生学科竞赛项目·宁夏大学生原创文学大赛

NINGXIA DAXUESHENG YUANCHUANG WENXUE DASAI
HUOJIANG ZUOPINJI · 2023 JUAN

宁夏大学生原创文学大赛获奖作品集

2023卷

宁 夏 大 学 生 原 创 文 学 基 地
《宁夏大学生原创文学大赛获奖作品集·2023卷》编委会
编

黄河出版传媒集团
阳 光 出 版 社

图书在版编目（CIP）数据

宁夏大学生原创文学大赛获奖作品集. 2023卷 / 宁夏大学生原创文学基地“宁夏大学生原创文学大赛获奖作品集 · 2023卷”编委会编. -- 银川：阳光出版社, 2024.4

ISBN 978-7-5525-7270-4

Ⅰ. ①宁… Ⅱ. ①宁… ②宁… Ⅲ. ①中国文学－当代文学－作品综合集 Ⅳ. ①I217.1

中国国家版本馆CIP数据核字（2024）第094666号

宁夏大学生原创文学大赛获奖作品集 · 2023卷

宁夏大学生原创文学基地《宁夏大学生原创文学大赛获奖作品集 · 2023卷》编委会 编

责任编辑 陈建琼
封面设计 石 磊
责任印制 岳建宁

黄河出版传媒集团
阳光出版社 出版发行

出 版 人 薛文斌
地 址 宁夏银川市北京东路139号出版大厦（750001）
网 址 http：//www.ygchbs.com
网上书店 http：//shop129132959.taobao.com
电子信箱 yangguangchubanshe@163.com
邮购电话 0951-5047283
经 销 全国新华书店
印刷装订 宁夏凤鸣彩印广告有限公司
印刷委托书号 （宁）0029475

开 本 710 mm × 1000 mm 1/16
印 张 16
字 数 260千字
版 次 2024年4月第1版
印 次 2024年4月第1次印刷
书 号 ISBN 978-7-5525-7270-4
定 价 48.00元

目　录

诗　歌

散　文

小 说

其　他

诗歌

二等奖

贺　词（组诗）

刘　奇

贺　词

古松的旧伤，蜿蜒，悬吊
落地成尘，消失
松针翻滚，舞出海浪的姿势
没有去不掉的欢愉
只有时间的一封信
永远在途中

石头挤占墓地的来路
感受祖先在他乡的颠簸
来路漫漫，肉身匆忙生长
空，带走太多的寂寞
你永远在格子里，数落残生
我替你哭，因为你不可哭

爱情、婚姻都是离世的鸟
男女对飞有一种迫切的幻想
慈悲里有太多被谅解的错误
爱人们，争取夺回你的声音
山谷的贺词太过刺耳
在最后一封信来临前
请捂住对方的眼睛

贝　壳

贝壳是最体面的骷髅
剜出的肉是它无法缩回的舌头
食客用舌头品尝贝壳的失去

凡是呼吸的，都忽略了
空气的存在
就像有祖辈的
就会忘记祖先早已死去

祖先是我们永远的贝壳
历史的隆隆回声
把剜去的肉腌了一遍又一遍
为抵达阴，我背离太阳

史前的贝壳
化作眼前这座光秃秃的山
山色清冷
在人的注视中微微发烫

城　市

乡村厨房的烟囱正在缩小
倒扣在汽车的屁股上
代表着乡愁的一缕缕青烟
成为尾气的供词

城市里来不及收容过去
只有文字里的青烟是往上冒的
行道树支起帐篷
给老家来的人，一片封闭的阴凉

波斯传来的无花果打量着海棠
就像乡间摩托车掀起的沙尘暴
暗示看不见的乡村在萎缩
花在果内，少年在尘中

南秀村有许多城里人
和许多失去人口的老屋一样

它也很寂寞，学生像一年一季的
庄稼，离开的，再也不会回来

磨剪子

磨剪子的声音
只有在窄小的巷子里
才能点醒高墙间沉睡的尘土

当一把剪刀从院子里捧出来
家庭用具与传统手艺交接的瞬间
在老人佝偻的背后，有一种古意重现

一把剪刀的棱角与凹槽，只需在
粗糙的掌间腾起“嚯嚯”的回响
便可重拾浴火前的炽热与凌厉

然而，少年的偏见
在等待人世的磨刀石，把他
磨成铜钱的轮廓，不示人的情绪
隐隐在心脏的血管里循环

剪子有两片交叉的肺，呼吸
已不是本能，而是一种裁剪的需要

当剪刀的身体埋入生活的坟墓

它的呼吸仍然继续

长满刺的拳头

手指像玫瑰的根茎，

握拳时，常常刺伤掌心

再小心也无济于事，只要遇上

“生活”二字，就必然遍体鳞伤

雨后的脏水感染了伤口

化脓后长出新的疤痕

消失的刺头变钝

连拳头都握不起来了

握不起来的拳头多像

玫瑰花呀，我双手举过头顶

向世人展示我的花，也炫耀那

越过头顶的一对镣铐

马赛克哀歌

苦是成年人的一粒安眠药

否则无法入睡，月光照不进

城市里窗帘紧闭的卧室
像电视机一样成了日常的摆设

旧友成了石像，生硬的问候
将十几年的友谊之船击沉
时间缴纳的税款，肥腻了人情
耽误了认清世道的归期

湖面的涟漪，可能是鱼的笑
而我的笑，已无法在任何一个人心里
残存。路的幽静，衬托黄昏的浓淡
每一步，都是笔画

马赛克贴在墙上、地上都很好看
用在人身上，太过喜剧了
它怎么能把人性掐得那么准
这世界已遍地马赛克——

借一段黄河

何必远走西北，借一段黄河
在闹市黄昏的车马中流淌
急促的鸣笛声听不见了
只有滔滔的激流在冲刷

铺满荫翳的感官

或许人不再需要山川了
无声无息的导航之流已渗透人群
在每个人的脑袋上长起了角
直等到迭代时再褪去

借一段黄河，举在头顶
当人们不再看太阳的时候
请看看黄河吧
那是我们过去的一切
也是我们即将老去的未来

与先人一起模糊

山形，大地的心电图，有起有伏
心跳在哪里？铁轨上的路途颠簸
漫长是驶往银川的火车
在倦怠中濒临一次次骤停

贺兰山，迟迟未拨的弦
在无端的夜幕中被推了一把
余音中，浮来一朵朵远古的云
岩石上的太阳神与先人一起模糊

银川的沙土随我的一双鞋
走遍我来时的路
梦中的驼铃挂在贺兰山的山脚下
我在数岩石上有多少只羚羊
又在无端的记忆里
追捕昨天的那只梅花鹿

耗尽来路

蜗牛一生都在消耗
残留在去路上的生命印记
为来路指明了彼岸
人能留下什么？一堆谎言而已

爱过才知道，夜是不眠的
眼泪是不需要虚张声势的
背负爱情，不如驮起一纸文凭
修满三十岁前亏欠的学分

星光不如午夜书桌上的一盏灯
不会摇曳，不会闪烁
正好点开我想要的平静
在坐满人的房间里，空无一人

干瀑布

一条干瀑布，暴尸荒野
但小镇的田埂里
曾浸过它的水
人也喝过它的水

无常当道的世界，干了好
抽走水，也就是抽走了愁
日头底下少了念想
一切归于事物本来的样子

日头之下，火气有多大
活在山后的人就有多稀疏
守着一座山，就是守住了
可能的水

等不到

等茶冷，等人走
等街尾的路灯熄灭
手头永远有一张捏皱的纸
夜在狩猎，离家的少年

打火机磨出的火星子
解了他的腻，漏了夜的光

花在坠落，奇袭我的梦
等的人不再回来，只有窗外
看不到的电动车，喊出它的警报

读懂命运

火锅里的闲话煮了太久
不如喝点清酒醒一醒
思念时，按一个回车
哭泣时，温一碗粥

从前，人把担子扛在肩上
现在，担子就是肉体的轮廓
人不过是经纬之上的一颗棋子
还要接受别人举棋不定的命运

吊灯低垂
在蛾子漫无边际的扑闪里
读懂了命运
在一支烟的缭绕里
日子又潦草度过

人工智能的下游

AI 可以是鱼
不用活在水里
鱼鳃的张合只是模仿的姿势
年代，消解了计时器过往的尺度

人和 AI 都可以哭
人可以哭出泪水
但 AI 不能，哭是模仿
模仿注定是一个空壳

AI 是尘埃中的尘埃
就像铜镜上的绿锈，不必抖落
我在下游等一些泥沙
等一个时代的寂寞

驾驶我的车

地铁外正在施工的吊车
像一只只竹蜻蜓在高空转动
上班的途中，行道树的影子
记录我的驾驶数据与恍惚

白虚线在前车的后视镜中走远
雨水，收容等待绿灯的行人
汽车穿梭在象群粗壮的腿间
高架桥上停满静止的风筝

捕食汽油的野兽奔腾在设定的原野
猎物是一种假想敌，诱惑铺满视角之下
起伏的桥梁，窥视五十里以外的动静
冷色的光线蜿蜒，抽打变卦的脉搏

城市里的蝉

城市的楼比树高，蝉就在抬头处
它的叫声　打捞多少庸人涣散的注意力
穿过那一扇窗的轻翼，隐匿垂幔之中

蝉是夏日的标点符号，是逗号
句号。也是感叹号！没人可以阻止
它适时的发情，也没人关注它在这个
世界的最后一句遗言

树上的蝉，宇宙的微尘之夜
城市里不合时宜的声音

当所有的人昏昏欲睡
它急于叫醒床头装睡的情人

古老的街道

灶台的光，点起一支有年代的蜡烛
照亮隐匿在黑暗与苍茫中的毛细血管
在岩石的暗流里，哭泣在出口处拐弯
声音永远不会死，临街的路却会枯萎

过去的行人，在我们视角的悬空之处
还是深埋地下的黄土之中？下水道
深藏于暗处，波涛汹涌，回应
遥远的街道里无人问津的叫卖

沿街商铺与想象中的人群重叠，古代
挂满抽屉的药铺仅此一家，如今的药店
遍地开花。庞大的意义空间挤对提琴
传来的重音。有一张看不见的脸原地打转

动物园

老虎，借用饲养员的镣铐呼吸
在一室一厅的鸽子笼里

发出蝈蝈的声音，夜色金黄
在月光的暴晒下微微卷起绒毛
踱步，是为了消化游客的目光

黑猩猩，站起来的庞大身躯
吓哭透过玻璃墙做鬼脸的孩子
循着大人呵斥的声音望去
年轻男女狂欢的空中飞车
在猩猩的眼球里自由落体

以器皿的空间，模拟史前的自然
在动物的直觉里锁紧一扇门
无法遮掩的粪便，荡尽尊严
抛却的辎重，终究有一天
以流星雨的方式匆匆袭来

独　居

居民楼缩小成深夜十二点的麻将
噼里啪啦的生活在隔空的世界里继续
但有的静贴在了每家每户的门上
在敲门的瞬间打回原形

楼下的河水很近，近到可以透过窗户抚摸

漂起来的一只船，我与河流
并排睡在同一张床，梦随它的
水花波动而湿润，在每一个干涸的冬季
梦变得又冷又脆，接不住雪的重量

楼层有四户人家，电梯是我最熟悉的邻居
每次打照面，都有一次必要的指尖问候
独来独往的我，与这座电梯
成了泛泛之交

暑　热

白天消化不掉的暑热
池塘的胃来吞纳
蛙鸣是暑热分解的声音
一种关于消化的声音

现代人避暑的方式是消失
消失于大街小巷
消失于曾经站满人群的广场
以一种沉默的方式留存凉气

流的汗喂不饱滚烫的地面
一只狗在斑马线上匆忙换脚

人们尽可能地走向岸边
在季节里以最原始的方式贴近祖先

铭　文

文字是征伐的延续
残忍的故事
在历代的尘土中
断断续续地飞扬
好在轮回的风雨
不忍揭开历史的疤痕
一次次的灌洗磨平古时的刻印

祀典、征伐、围猎
皆是贵族独有的疆土实践
作器者执行官吏的言语标准
名字在铸造的铭文上排起长队
满足了圣人依附永恒的需要

青铜隐匿的铭文
以生命的方式重现
蝉在夏日遗落命运的符节
蹒跚的老人，从乱叶中捡来
作为治病的药引子

作者简介

刘奇，宁夏大学新闻传播学院新闻与传播学专业2023级硕士研究生，于《成都商报》发表诗人格风《雨在他们的讲述中》诗集评论——《弥合时间的梯子》，于《深圳特区报》发表诗人多多《拆词》诗集评论——《以词代替人在诗歌中的主体地位》，于《扬子江诗刊》发表《我与祖先的默契》（组诗），经过诗歌评选入选南京大学与江苏省作家协会联合主办的江苏文学院第十一届青年作家读书班。

三等奖

丛草，长在西海固（组诗）

屈金钱

山 群

山沟沟指着西海固的另一个走向
丛草的队伍从这里攀向其中一座
扯起西风的大旗，占山为王

汹涌起伏的大山群啊，穿着麻布
上面绣着成片的粉白荞麦、青绿玉米和燕麦
小小河，纽扣系住一个村子和另一个村子
偶尔掉落，大地就会袒露出皲裂的皮肤

朴实的大山群啊，唯有喊
唯有秦腔和信天游，才能描画出西海固的苍茫
我知道，这是深深沟壑教给人们的腔调

神奇的大山群啊，塬墚峁里沟屲坪

沟凸坪里大村小庄
村庄很小，一片云彩就可以盖住
不多的善良、生计以及我的热爱

从草把根扎得很深，有撼山之势
关于生死，一捧土，已经说明一切

独坐白庄河

白云游在水里，野鸭游在天上
波浪是风在河面走过的脚步
芦苇和野花轻轻摇曳着虫鸣

沙柳。白杨。多么挺拔
为一方水土
它们把根埋入坚硬的石头

在河边的崖壁上
竟有上百只鸽子筑巢栖息
它们摇头晃脑。它们是白庄人

我被推进黑夜

最后一行雁

把夕阳推下了山
天空荒芜一片

我在杏树下
看一只白猫跑进黑夜
再也找寻不见

夜间的风景

当黑夜像石头一样沉下去
蛙鸣就溢出河谷，漫上村庄

每一棵杏树都会浮起
每一座房子都会张开翅膀

此时仰望星空
我恍惚看到了一条河流
伸出手指，指向地球

指　认

我多么喜欢
走在深夜
直到鸡鸣星疏

把黑夜走短

我多么喜欢
在跋涉黑夜后
让我无暇去修正
示人的面孔

我多么喜欢
与万物裸裎的感觉
它们视我为无物，我视他们为万物
我们相互指认各自的不同

深夜，车过若干村庄

黑夜压下来，逼出了大山体内全部的黑
多么深邃的黑啊，黑得让人木然
黑得如星空一样坚硬
大山的每个角落里，都散落着一个星群
他们聊着月光的白，话语愈发明亮
我愈发禁不住挣扎颤抖

熬药

黄昏在院外
弟弟熬一服中药

柴火被一根根填进火炉
苦的不仅仅是烟

麻　雀

一根电线穿过黄昏，架起了一只麻雀
它高高在上，却低于人眼
它是人们口中的碎嘴子
常常偷听着一家人的闲言
然后再碎语给一群麻雀
因此问候它的是轻视的石子
以前我也不喜欢这群居的
胸无大志的麻雀
我多么钟爱搏击长空的鹰隼
和善于长途跋涉的大雁啊
然而在大大的城里，飞着飞着
我就放下了偏见
飞着飞着，我就成了麻雀中的一员
但是，我仍然会不休止地
磨砺一副宽羽尖喙
……

生活姿态之一

干活时常常抛出一个荤段子
就能逗笑一群黝黑出汗的人
干活也更有劲了
我深知欢乐才是力量

我感觉农村才配拥有葳蕤的星空
农民却不会去端详，哪怕有一轮圆月
他们只并排坐在炕头上，
看着电视上的新闻，说着别人家的七长八短

我平静地看着听着感受着
纯洁之花兀自盛开在贫穷的土壤
没有褒贬，这不过是平凡人间的
一种生活姿态。

作者简介

屈金钱，宁夏作家协会会员，宁夏大学文学院汉语言文学（教师教育）专业2020级学生。作品见于《中国校园文学》《朔方》《参花》等。

入围奖

边疆书（组诗）（节选）

党锐强

向远方，凝眸

山色，渐渐褪去斑斓
一场细雨斜风不期而至
而后，秋时便随纷纷扬扬的枯枝败叶隐匿大地
那光秃秃的枝丫依旧耸立，痴痴等待

天山腹部的草场瞬时归于静寂
山川河谷，布满了悲凄与忧伤

我，攀爬至山岗
俯身打量这没落荒芜的地方
眸子定格在那袅袅炊烟升腾的故乡，随风摇曳向远方
而后，悄悄混迹于苍穹或云端

山那边，被时光遗弃的老屋

在空旷中伫立，兀自凝眸向远

空　山

此时，北国大地冰封万里
我尝试着清空内心，腾出
足够温暖你的空间

唐布拉的旷野，寂寂
洋洋洒洒的雪霜完全封存了和我无关的风物
我若翱翔的鹰隼，挥动臂膀
搅动喀什河水激流浩荡
而你，恰似辽远空域里熊熊燃烧的烈火
在漆黑的天地间，默默释放温暖和光芒

假如，假如你能认真聆听
风雪在山风中的怒吼，那极有可能是我
尚未来得及道出的爱恨情仇

柴扉半掩

没错，在沙砾裸露的吐峪沟
每一粒饱满的尘沙
便是脱去水分的生命

偶尔几株随风摇曳的植株，是最灵动的颜色

故人难觅其踪
何人的琴声幽怨，尚在天际哽咽
风来风去处
岁月的烟云被半掩之门所阻隔

吐峪沟，听闻你的悲伤我更痛苦
面对你
我心中的痛楚无处可藏

在炽热浓烈的高昌

流火六月。高昌
每逢我呼喊出你细腻温婉之名
炽热浓烈的戈壁大漠恰似火炉一般，不断延展着焰浆
天地之间
孱弱的生命被吞噬
顽强者被挤压至沟谷地带，苟延残喘

高昌
一个被狂风常常惦念的地方
一个被细雨久久遗忘的处所
每逢我呼喊出你细腻温婉之名

我就会窥到——
海枯石烂，或地久天长

鹰隼，永恒的灵魂

也许，只有在苍穹，才可听闻那独有的啸叫
恰似一支离弦之箭，迅疾冲出
把太多的物事抛却于身后，一览流星如雨
只有振翼在苍穹，灵魂才最接近天
生在俗世，我愿用此生的膜拜和匍匐
向善，向前，向远

山连着山，灵魂宛若绽放的雪莲花
世道轮回间，似又顿悟
博格达直入云霄，闪耀着圣洁之光
每一个孱弱的生命，奔赴在朝圣之途
盘桓的鹰隼，不知为何一次次凌空、俯冲
循着花香，在苍穹寻觅印记或希望

博格达的晨曦

千百载，亘古不变
第一抹晨曦总会精准地驻落博格达峰顶
然后，一点点扩散、延展

普照整个山川

交河故城畔，阳光充足
这里曾经灯火辉煌。明明灭灭中
迎送走许许多多的生命和灵魂
远行者、故有者，日复一日顶礼膜拜

雪域之巅，和来自俗世的彩旗
丝路古道的驼铃漫漫，一遍遍在耳畔回响
一次次，让我回首
边远离边记忆，让博格达的晨曦
常存心底

作者简介

党锐强，退役军人，新疆作家协会会员。作品散见于《散文诗》《散文诗世界》《诗选刊》《天津文学》等期刊。

入围奖

北国——记忆的拐杖（节选）

任馨怡

船桨挂在天边，星星落入山谷
渐行渐近的，不只微蓝的迷雾
黄河大桥下的水与波纹，眸与小路
海葵般的两片影子，回身起舞
伏在岸边，不如伏在江的背上

水的浮力使骨头变轻，呼吸漫长
棕色草在风中起舞，云层画着月亮
厚云做馅，天幕做皮
如果五仁月饼也有记忆
我愿花十分钟烤熟，花一夜品食
要你身属黄河却心住我眼底

黑夜从未许诺白昼，所以
那些从中直接切开的经历
未必是苦难，而是

待忆的抚慰

像是摇篮的温暖总伴着梦境的离析

遥想北国大地的落雪，自应无阻

忧郁的低语在风中悲鸣

我们拒绝了哭泣

生在黑夜里的孩子

不送秋河、不送落叶

仍藏在心里

作者简介

任馨怡，笔名千寻瀑，银川科技学院信工学院电气工程及自动化专业2021级学生。作品发表于《贺兰山》《宁夏文艺报》《华原》《秦岭文学》等，获2022年宁夏大学生原创写作大赛入围奖。

入围奖

一　生（节选）

石宇阳

北方的铁骑就在城下
四月的草原上一匹野马独自奔跑
小镇的少年仍然一贫如洗

衰老的岩石，羽翼破碎的雏鹰
他们说我们终究要成家立业

一道窄门背后
土坯房，灶台旁，老旧的风扇不断地旋转
红砖砌成的墙内是菜圃和男孩的一生
那条街每天都在上演悲欢离合，婚丧嫁娶
那是多少人的一生

黑色的那匹骏马从未被任何时代接纳
荒漠上只有一列不知开向何方的火车
三条火舌燃烧了数千年

旧时代的王也成了景观的一部分
还有河边那棵枯死的树
一些人不该被遗忘

人群才是无法挣脱的锁链
即使轮回几千次
宇宙依然永恒
在不同的时间我们周而复始地度过这一生
碌碌无为的一生
沉默不语的一生
试图改变现状的一生
我们的一生

作者简介

石宇阳，宁夏理工学院文学与艺术学院汉语言文学专业学生，宁夏作家协会成员。2016年开始创作诗歌至今。获2021年宁夏大学生原创文学大赛诗歌组三等奖。

入围奖

八声甘州·思夜（节选）

陈王勇

望茫茫山海寄情难，月遥影朦胧。笔起书谁意？泪清执酒，来去皆空。当想韶华[①]悄逝，长笑怎由衷？万里无音信，血眼惺忪[②]。

怎忍梧桐花落，往事填空洞[③]，霞色归风。叹一年心迹，思量[④]也难融。仰北斗、薄衫独饮，顾她乡[⑤]，月色始如琼[⑥]。孤灯影，玉颜难再，眼过匆匆。

作者简介

陈王勇，北方民族大学机械电子工程专业2021级学生。喜欢创作诗词，下棋赏乐。

---

①韶华：美好的年华。指青年时期。（唐）李贺《嘲少年》诗："莫道韶华镇长在，发白面皱专相待。"

②惺忪：清醒，醒悟。（明）汤显祖《牡丹亭·闹殇》："不提防你后花园闲梦铳，不分明再不惺忪。"

③空洞：空无所有；空虚。（宋）林逋《深居杂兴》诗序："鄙夫则不然，胸腹空洞，谫然无所存置。"

④思量：想念；相思。《敦煌曲子词·风归云遍·征夫数载》："想君薄行，更不思量，谁为传书与表妾衷肠。"

⑤她乡：姑娘所在的地方。

⑥琼：喻事物的美好。

入围奖

读李太白传（节选）

余满洲

一日临绝巅，望尽苍生渺。仗剑游四海，但为功名嘲。君不见京华日月孤，晨昏旦暮为何物！群臣得意悦龙颜，歌舞争春不肯休。于是太白长咨嗟，愁极青莲无还道。是已不得志，无颜蜀山高。平生明月平生醉，功成隐去桃花里，一生愿也不得遂。

险峰幽壑豪情发，吟断人间不世词，长啸入云江天碧。曾笑金樽重开日，奈何封尘直至休。始逢初秋别隔暮，一怀离绪几离愁？自此相诉无相见，方知最是离别苦。花间酒倾月，心向巴蜀月难圆，也思故友夜无眠。

生似飞蓬多辗转，侠骨柔情赠满樽。白也诗书知其人，不知天上与人间。

作者简介

余满洲，笔名子非鱼，宁夏大学机械工程学院机械工程专业2022级学生。

入围奖

共青百年颂（其一）（节选）

李雅慧

风雨兮沧沧，巍巍共青之成长。

立羊城而兴起，应党旗之昭彰。

承五四之鸿鹄，扬南湖之伟光。

艰难兮何惧，惟奋勇兮顽强。

抗反动而除危困，力恶势之有诚良。

青年之热血也，共青之担当。

传“四有”而良德美，授“五爱”之新风尚。

为党之育英才兮，芝兰玉树而亭芳。

目今朝之观过往，乾坤大而不伤。

革命之生也，血火炼我金刚。

伴华夏而成长，助党建之有方。

渺渺之星火兮，终化宏宏之焰光。

时代之新迄，亦是一如既往。

燃燃之初心也，国旗之所昂。

百年之我共青兮，应有此章！

作者简介

李雅慧，宁夏大学法学院法学专业2022级学生。

入围奖

哀痴伶（节选）

于冰慧

〔北新水令〕若做个寻常翁媪，不羡那华服翠翘。此身莫飘摇，痴狂且丢掉。修花莳草，倾薄酒饮个饱。

〔驻马听〕哪有愁浇？学什么黛玉焚稿。自在逍遥，也不怕儿孙不肖。奈何命数不容挑，悲欢浮沉经几遭，何时了？桃花仍把春风笑。

〔沈醉东风〕容易写天长地老，最难搭凡间鹊桥。哪个不盼团圆，却嫌团圆俗套。向来难逢这般巧，有几处月圆花好？有几个暮暮朝朝？

〔折桂令〕谁不是台前扮笑，二胡唢呐，铙钹笙箫，歌吹舞闹。一瞥风光，眨眼云消。千金诺往身后抛，倾城色能有几朝。前尘易凋，前行难料，多情的命里萧条，陌路的曾是同僚。

〔沽美酒〕可叹那旧院门黄犬老，一道残阳斜照。儿时燕子弃空巢，梅花开没人瞧，梧桐落无人扫。

〔太平令〕讲的他人故事，何必心焦，竟做了啼血鹃鸟。宝剑蒙埃知己少，戏里戏外难分晓，满身红尘拂不掉，悲美是同胞，把无辜的伶人煎熬。

〔离亭宴带歇指煞〕终究是呼啦啦似大厦倒，长棚不过阳关道，歌舞场枯杨衰草。眼看旧符换新桃，眼看屋角结蛛络，眼看儿童问客早。未识得天地广，方寸间筑成牢，待假作真时已难逃。那剧中人竟是我，酒尚温响骊歌，繁华梦不堪扰。唱情长缘短，唱离恨难消，一次次曲终人杳！便重奏旧声调，孰与我补戏袍?

作者简介

于冰慧，宁夏大学文学院中国古代文学专业硕士研究生。

入围奖

以未来的名义（节选）

徐珊珊

岁月辗转，转瞬即逝
趁风华正茂
执笔指间，游刃于白纸之上
卷起阵阵清香
携着思绪
飞向遥远的天疆

少年听雨歌楼上，红烛昏罗帐
以未来的名义
书写眼下的繁华与苍凉
略带书生意气
藏身于无忧无虑的象牙塔内
做着关于未来的梦
一场前途无量、盖世英雄的臆想
一颗年少轻狂的心
激情万丈，热情似火

却又经不起一丝的惊涛骇浪
一场场不期而遇的狂风暴雨
毫不留情地把我
从这场虚无缥缈的梦境中拖回现实
那场盖世英雄的梦
转瞬间烟消云散
带走了风，带走了雨
却不曾带走一丝的记忆

壮年听雨客舟中，江阔云低，断雁叫西风
以未来的名义
书写眼下的繁华与苍凉
人到中年，思绪便渐渐多了起来
满心是家庭、妻儿、事业
置身于生活的大熔炉内
熔铸着一场关于未来的梦
一场事业有成，家庭美满的梦
一颗云淡风轻的心
品人世繁华与沧桑
看人间温情与冷漠
年少的狂妄不羁再难追寻
取而代之的
是沉稳的脚步
和坚定的眼神

家庭和睦，事业有成
兴许就是最美好的未来
最幸福的归宿

暮年听雨僧庐下，鬓已星星也，悲欢离合总无情，一任阶前，点滴到天明
以未来的名义
书写眼下的繁华与苍凉
日已傍黄昏，月又临碧水
金黄的斜阳
抹艳了广袤的苍穹，晕红了静谧的大地
人活一生
功成名就，子孙满堂
转眼暮年
神态安详，容颜和蔼
至此
已再无未来可言

未来啊
追求过
足矣

作者简介

徐珊珊，宁夏大学文学院学科教学（语文）专业2023级硕士研究生。

散文

三等奖

养至花未全开

罗　杰

常听老人说“花未全开月半圆”是最美的境界，我却并不能很早就领悟其中的深意，在青春的迷雾中彷徨了许久，如今才行至一弯弦月之下，静待花开。

快到小暑了，天气已经让人燥热难耐，我静静望着宿舍窗台上的那盆牵牛花。这是从老家带来的种子长成的一盆花，紫白相间的喇叭状花朵，三三两两开着。我的目光与之相会，这些牵牛花的喇叭开口处仿佛有巨大的吸引力，我的思绪一下子从大学里被引到了老家旧宅的篱笆前。

十多年前，可能还是我面前花盆里养的牵牛花的那些先祖们，在乡村小院前的篱笆上恣意生长，也无人照料，却比十多年后花盆里的后代们要开得更加自在与肆意。十多年前，我的父母亲长年在外务工，独留我在宁静的乡村与祖父母做伴，我仿佛在他们远行的那个荫翳未散的早晨就一瞬间长大了，那一刻天上的乌云太浓，仿佛一大团墨沁入了冰雪中，到今天我的心上仿佛还残存着点点墨痕。因此，在我踽踽独行的童年时期，我总是盼望着圆满，无论看人看事物，还是观花观世界，都总是以圆满为标准，似乎总是将外界强行“圆满化”，来宽慰踽踽凉凉的自我。

时间随着天上的云彩慢慢推移，月亮也在圆缺中继续普照大地，不知从什么时候起，我爱上了养花，也许是天性使然，我天生不喜欢在喧闹吵嚷的环境里追寻所谓的热闹与欢乐，又或许是环境使然，我自幼长在乡村，陪伴我走过童年的生命，居然多数是些自己也叫不上名字的植物，那些植物喜欢在安静的外壳下守护心中的自然涌动，我也喜欢如此，缘分便这样产生了。

多少个安静的夜晚，我蜷缩在巨大的宁静中，灵魂却膨胀成一棵巨大的树，给人以无形的护佑。在这棵树下，我总幻想会有一地花开，那馥郁的香气沿着这棵巨树攀缘而上，直至穿过阴冷的空气，穿过叠巘，飘向无尽的苍穹。那香气能够一直飘到月亮上吧，毕竟月缺占了月亮时光的一大部分，这香气是否能慰藉那一轮未圆之月？夜晚过去，月光散去，白天随着日光而来，少年日日夜夜的养护，让花在四季中轮回，也在四季中守候，花和少年一样，也想念生命中曾经流淌在自己身上的月光，尤其那些残月洒下的光，夜夜不同，但是夜夜留下期待，满月之夜的光虽最为明朗，可是却并不值得期盼，因为在月圆之后，月光便一夜比一夜暗淡了。

我总觉得养过的那些花已经悄然在我身体里播下了细小的种子，而这些种子会不分昼夜地迅速生根发芽，在我的灵魂中留下安静而不易察觉的香味。到底是这些花的种子不安分守己，还是我自己总觉得人生应该每时每刻都舞动翩跹，即使在黑夜中也不停止渴望光明？毕竟花舞无言，光舞无声，连黑夜的温暾都是那么静谧悄然，谁又能说得清呢？月亮依旧是那轮老月亮，我总在它半圆时走至一盆盆花前安静坐下，我想和这半圆的月亮敞开心扉，可是每当这样的月夜到来，我只想静静地坐着，在这难得的一刻，那种无言的美好在皎洁的月光洒进心中时静静荡漾着。我会觉得我亲手莳弄过的花儿没有完全开放时是最美的，因为它们留给了我继续幻想的空间，留给了我缝缝补补后又淡然处之的人生备忘录，我不忍心打破这份静静安放的美好。

乡村的夜仿佛有着自己的呼吸，静嗅之，就会收获一夜又一夜的香气，且芬芳各异，夜夜不同。在一夜夜的香气流淌中，我也到了读书的年纪，无暇沉浸于种花养花中了。不知翻乱了多少页书，我才恍然大悟——原来读书和养花是一样的，都需要磨性子。心一定要静，不能过分打理，也不能疏忽养护。心静时，养花也滋养心香；心乱时，养花便是耗损心神，而且还容易越养越乏，越养越颓。读书何尝不是如此呢？那些在躁动难安时读过的文字，现在已经难寻踪影，而那些静心读过、细细思量过的文字，已经随那些融入心香里的阵阵花香而永远留存在我的骨血中了，让我在养花时能渐渐吸收静气，一颗浮动不定的心就在养花与读书中渐渐沉着，一个内心飘摇沉浮的少年也在行走中日益坦然坚定，能够渐渐明白与人为善和与物为春是一气相通的。

十多年过去了，不知经手了多少粒种子，摸过了多少园土，浇过了多少遍水，盼来了多少场花事，我才渐渐明白——养花就是养花，养花需要老老实实地有规律地施肥、浇水、换土，时时注意病虫害，间或还要察看枝叶上是否有异样的色斑，小心谨慎地清理枯枝败叶。当然了，不同的花还要遵循其独特的习性，喜阴的不能暴晒，喜阳的不能阴置。施肥也是，肥料种类繁多，有促进孕蕾开花的，有促进茎秆健壮的，还有促进枝叶繁茂的；有深埋盆底的基肥，有随时喷施的叶面肥；什么花适合长期用什么肥料，同一种花在不同的生长期要施什么肥，这些都要细心摸索，我都不记得自己试错了多少回才心有所得。可那原本生长在南国的香妃茶花和金边瑞香，也仅仅在最强健的枝条上开出数朵，我也不敢再有其他奢望。除此之外，养花的园土里面还要放一些杀菌剂和生根剂，少次适量施用，不可贪图省事，一次放多了盆土就会板结，花的植株也会因为根系呼吸不畅而早枯。还有些勤花植物，就比如栀子花吧，喜酸性土壤，平时浇水时最好在水里面放一点硫酸亚铁，也是少次适量施用，不然它很有可能一整年都不开花，这是多盆已香消玉殒的栀子花留给我的忠言。再说说浇水，这竟是个真正的技术活，得靠自己去慢慢摸索体悟，不同的气候，不同的室内温湿度，不同的光照，这些都要顾及，即使是同样的一盆花在不同的环境中，浇水也应不同。喜水的不可旱养，喜干的不可大水来养。疏松土壤更要勤快，因为我多养盆栽植物，所以时间长了盆里面的土难免会板结，定期松土便有助于花的根系更好呼吸，这样一来也有助于促进新芽萌发，便于日后孕育出更加吸引人的花蕾，好让人早早观赏。有时我甚至在凝视这些花蕾时就渐渐忘了身边的一切，这也是一种“入定”吧。在凝视中生出禅意来，犹如月光下沉思的自己，慢慢听到了心中真正的声音。即使如此，我还是希望花蕾们能够如数绽放，我要看看每朵花中藏着怎样的心事，当开放于天地间的那一瞬，它们是欢喜还是忧虑，是激动难耐，还是平静如水？

每个人对养花的诠释不同，每个人对于花开的态度就不同，回望我自己的养花之路也是喜悦和悲郁层层交织。但行至今日，我感觉养花于我而言已成为生命行进的一种方式，成为一段不可剪切的生活片段，它甚至成为一种我对未来未知的解构方法。让我可以永远拥有自己的那一小片天地，无暇擦拭汗水，无暇瞻前顾后，无暇人云亦云，无暇周容左右，让我的内心在这一小片天地中更加从容淡静，不惧岁月的流逝，不惧嘈杂的裹挟，也不惧那些人群中的呕哑嘲哳。因此，在我看过一场又一场花开之后，我希望永远有未绽放的花蕾在枝头傲然挺立，它们可以让我在历尽千辛万苦后，得到的不只是短暂而易消散的兴奋与欢乐，它们给予我的是内心长足的温暖，是一种对未来未知的无限光明澄澈的期待。

生活在尘世间，由养花而进入雅洁性空之境也许只能是一种永恒的希冀，但在生命缓慢推进的过程中，养花却让我看到了流淌着的光明，这种光明将人的心灵笼罩其中，虽是淡淡之辉却时常增添着生命的能量，而这能量也在“润物细无声”地滋润着花朵，培育着那些小而未满的花蕾，与养花人一起等待着那场庄重的花开。

养花与看月的时节，常听爱绘画的友人讲，艺术是多么高不可攀云云，我却总是一知半解，如今我才理解杨绛先生所言 ：“人能够凝练成一颗石子，潜伏见底，让时光像水一般在身上湍急而过，自己只知身在水中，不觉水流。”养花未尝不是一种艺术啊，人在花中，不仅要嗅得花香，还要嗅到水分和土壤的味道，养花是将人生的镜头拉近后的一种艺术，需要细心、耐心、静心。在人心的无垠旷野中，总有一轮未圆的月，静静地洒下光辉，岁月让我亲手养出的花散发出幽香，弥漫在这每一处土地上，在这样的土地上便又会长出无穷的花来，孕育出无穷的花苞。是啊，人生的艺术滋养人生，人生也渐渐变成艺术的一部分，养花养在心中，养出一种永恒的探索与希冀来，花虽无言却香气袭人，眼观之为花，细看则是心香如祥云汇聚。

从爱上养花到现在，我一直爱养木槿，直到现在还在老家窗台上养着一盆双色木槿花。为何爱养木槿？这个问题的答案是难以找寻的。我只记得，当年我在县城路边的花摊上第一次见到含苞待放的一盆盆木槿时，便心生欢喜，我觉得那些花苞是那样静美，仿佛做着永远不会醒来的梦，在阳光下闪耀着温暖自足的光芒，只有在微风拂来之际才颤动轻曳，似梦非梦。而我就在这样的凝视中喜欢上了木槿，没有什么大的波澜可言，只有平静淡然的喜欢，就像当年小花摊周围不时吹来的那些微风，谁也说不清它们从何地吹来。家中养得最久的那盆木槿，已经超过了八年，现在仍然花开不断，年年在暑热最旺盛之际开出最热烈的花朵。木槿是喜阳的，在老家，我只有在夏日才能看到它们真诚而热烈的绽放，通常是过了小满，木槿的盛花期就到了，而这个时候，我养的胡椒、薄荷也会长得最旺盛。

薄荷的生命力极为顽强，即使不去给它们施肥，长时间忘记松土，它们也能回馈你一盆向上的嫩绿。它们生长于我的花盆中却实属偶然，回想起来应该是我从老家带来的园土中有薄荷的种子，与那花盆原本的主人月季花相伴了七年多，并且年年开花结籽，年年长出新的薄荷来，翠绿芬芳。如今，那盆中一直都萎靡不振的月季已经变成了枯枝，再也不能开出新的花来，薄荷却依旧年年散发新的清香，不慌不忙地生长着，还能看到一轮轮未圆的月亮，享受月光独有的柔抚。

香味极淡的木槿花遇到辛香异常的薄荷会如何呢？我会做一道木槿花薄荷粳米粥，答案在这清心火的粥里便可以觅得踪影。

五年前，我偶然自创了这道粥饮。我家中曾有一本专门记录食疗食谱的小书，我在闲翻中不经意间瞥到木槿花可食用，又恰好早就知晓用薄荷煮茶可清心利咽，便掐了薄荷的嫩叶和芽尖，揪下开得正欢的红木槿花，清洗干净，用手撕成碎片，水开了先下粳米，等米煮得软烂时，再下薄荷和木槿花。在耐心炖煮这一锅“清心花叶粥”时，从锅里面不断冒出薄荷那独有的芳香味道，粥的颜色也逐渐变成花青素那种悦目的紫色调，我总觉得我的心在被这一锅粥所散发出来的香气炖煮着，粥中那层层加深的紫色，就像是初春慢慢绽放的二月兰，初见才米大的花苞，一下子就开成一片紫雾，让我在这氤氲满香气的空间里忘了时间，不觉间一锅粥已经煮好，盛出、放凉、静心品之。然后，又是一场等待，等待花开，等待叶长，一个夏天就这样悄然过去了。

从那时到现在已经过去五年多了，而我至今仍觉得最香的味道永远是在等待中孕蕾，而不在突然绽放的那一刻。等待是人生的一种常态，在等待中，一颗飘浮不定的心渐渐沉淀了下去，于是我渐渐明白最好的景象是在等待中期盼，人生的喜乐永远在酝酿中将满未满，既不空留遗憾，也不用力过猛，永远有淡淡的幸福感萦绕在心头，自内而外安然散发着向上向善的能量。当降低期待值之后，你才发现随处都可以采撷惊喜，原来养花也可以养入美学深处，原来养花也可以进入养生之道，当不再去强求木槿的鲜艳和薄荷的芳香，也许你便可以年年品到不同的一碗清心花叶粥，真正达到清心火的效果。

十多年的岁月对于月亮来说也许连一瞬都算不上，可是却把我带到了如今的年岁。十多年残月的光辉照耀，十多年二十四节气的携手走过，十多年层层叠叠未开的花蕾，我感谢你们，让我在现今的岁月里放下踽踽凉凉的遗憾，放下了对“圆满”的执念，吹散了青春的迷茫，在今天依然能看得到这轮照耀古今的月亮，在今天依然可以在未开的花蕾前静存一段想象。

辛弃疾有咏梅词曰：“雪里温柔，水边明秀，不借春工力。”而我养花今时今日仍需要借助“春工力”吗？一年，五年，十年，春风年年吹来，人心也日益坚韧而润善，我只知，一定要借着“心工力”养花。心力不足，不能够养出饱满的花苞，也不能够赏到未圆之月的美，我的“心工力”便是在这十多年的养花看月中渐渐小有所成，让我有了淡定从容的依靠，在养花与看月中，让我继续找寻生命的意义。

在回忆的恍惚间，我又回到了大学宿舍的空间里，小满已经过去一个多月了，小暑也马上要到了，二十四节气中独独没有大满，或许世间并不存在大而圆满的境地吧。小满小满，小而未满，如同半开的花和半圆的月，馨香和明辉永远在生长孕育之中。是啊，人生与养花、看月皆是小满即可，小满要远比大满收获得更丰足，更持久、更深远、更芬芳、更蓬勃。

生命有生命的节气，人生应该在生命的节气中舒缓向前走去，像一朵将开而未开的花，慢慢地享受天光的沐浴，终至生命的尽头。人生和花一样，若不惜福，则很快行至凋零之处，知福惜福，留白以得清欢。生命的花终会开放至绚烂，但永远不是此时此刻的张扬与放纵，要静待，不要心急，那些过多的焦灼往往和欲望纠缠在一起，就像施放过多的肥料，反而会给原本平稳向前的人生酿成恶果。一树花开与一树花开并不相同，每株花都有其自身的节律，只要鲜活的生命每日向着光明又进发了一步，这又何尝不是一种幸福呢？

养花，养至花未全开。在一轮半圆的月下，我期盼下一场小满的到来，月光下，我仿佛已经嗅到了花蕾中清雅的香气，如年年小满的悄然而至，总有雅洁静穆于无声处安然、淡然。生命也在这安然淡然中实实在在地朝着圆融温善前进，这个过程中，月光依然在，养花也依然在，人的心境终将会在互相滋养中慢慢臻于至善。

作者简介

罗杰，甘肃张掖人，北方民族大学文学与新闻传播学院汉语言文学专业2021级学生。曾参加《当代》杂志“文学拉力赛”2023年第三站、第五站读者评刊，短评见于《当代》2023年第4期、第6期。

入围奖

赫哲之春（节选）

魏雅文

十二月下旬，下了近一周的雪已经不再下了，刺眼的阳光没有带来一丝温暖。此时，族长正站在结冰的乌苏里江畔，等待着那个属于他的春天。

博物馆门口，导游已等候多时，红色的小旗跟着风的方向飘着。游客们陆陆续续集合起来，跟着那一抹红色走进馆内。馆内有些昏暗，照在展品上的光束照得人睁不开眼睛，仿佛在用这种方式告诉人们关于它们辉煌的过去。鱼皮衣、鱼皮鼓，动物皮毛制成的帽子，整齐有序地陈列在展架内。他们的外表与此刻仿佛格格不入，内里却承载了沉重的历史。在角落中，一幅照片吸引了一位游客的注意。照片中的老人目光直视镜头，他皮肤黝黑，但眼睛却闪着光。他眼中禁锢的灵魂化为泪水流淌在他布满沟壑的脸颊。“他是谁？”游客们不禁纷纷发问。导游缓缓转过身来，“他……是我的爷爷。”

阳光透过反复层叠的树叶洒在他每一寸皮肤，杂乱的阴影就像他血液里的某种物质，无法摆脱，如影随形，若真是离开，反而不知怎么生活。恍惚之中，他看见了漂浮的小船，河中翻腾的鱼儿，还有母亲的微笑，好似回到了“黄金时代”。母亲在晾晒鱼干，他打着赤脚在草地上胡乱跑着，这是他的娱乐方式。母亲要把鱼挂到杆子上去，胳膊抬起，带动了裙摆系着的贝壳哗哗作响，背后的鱼鳞在阳光下闪烁，好似一副盔甲，好似母亲坚韧的性格。裙子上的纹路好像是蛇，又好像是祥云。为什么母亲的衣服五彩斑斓，这是鱼皮本身的颜色吗？还是母亲把花穿在了身上？那年他五岁，对于小小的他来说，母亲代表了整个赫哲族，母亲是他的整个世界。“喇都，松花江的岸边也有我们的族人呢。”“额尼，他们怎么不和我们住在一起。虽然我没见过他们，但我很想念他们。”他望着江对面，试图看清那边的景象，看看那边有没有他的族人。“他们要和他们的守护神在一起啊，傻喇都。不需要住在一起，河水会将我们紧紧相连。”他最喜欢去三江口，黑龙江、松花江、乌苏里江三江交汇，黑色、墨绿和黄色汇集一处却并不相融，三色浪花相互击打，却始终逃不出这江。他看到江口对岸竖着大大小小的房子，看起来不像是我们国家。“这江对岸是俄罗斯人，长着大大的鼻子。喇都，要是碰到他们可千万别和他们讲话，他们曾侵略我们，抢走我们的食物和鱼皮。”母亲，我记住了，我还把这话告诉了我的喇都。母亲，我们的族人越来越少了，他们的守护神还在守护他们吗？他摸了摸胸口戴着的狼牙，想着如果再见到母亲他应该说些什么话。也许什么也说不出，人在艰难的时刻总是很难开口说话。

“爷爷”，稚嫩的童声打破了他的梦。“爷爷，妈妈叫你回去碾鱼皮了。”他还想找回他的梦，想和梦里的母亲说说话。但这门手艺确实只有他一个人会，他缓缓起身，抱起那个尚未知事的孙儿，穿过密林朝家走去，“看来是时候把手艺传下去了。”

他家离这片山林并不远，走了十几分钟就已经看见家中篝火燃烧冒出的烟了。这房子是前几年他儿子刚刚翻修的，用的全是当年上好的桦木。还记得他和儿子拉着板车上山伐木的日子，微风吹动裤脚，汗水回归大地。“这座山，这条河，养育了我们多少祖辈。”他想着，嘴边带着微笑，他多喜欢和儿子在一起的日子啊。越走越近了，看见儿媳的背影了，儿媳妇正蹲在地上敲打着衣服，宽厚的身体在地上投射出巨大的阴影。他又想起了儿子，要是他在该多好。

他的儿子在前年去世了，那年孙子才三岁，他本应享受三世同堂的天伦之乐。可意外从不提醒人，如同一颗巨石滚落，压垮了他的心。“爹，该出船打鱼了。”他耳边还回荡着那天儿子唤他的声音。“来了，把大渔网拿上。”月光悠悠，为逃避烈日，父子俩决定晚上出船。小小的木船漂在河上，四周寂静无声，时间在此刻凝固，时间好似只属于这对父子。儿子用力将网撒下，河上散起层层波纹，但很快又恢复了平静，“抓不到鱼也没关系，至少抓住了月亮，”他看着月亮的倒影正入网中，又看看月光下健壮的儿子，“我真是老了”。下完网，父子俩划着小船回到岸边，芦苇丛中蛙声一片。第二天早晨，公鸡叫了几次也没能唤醒他，儿子便一个人去收网了。他这一睡，就再也没等来儿子回家。那天，河好像发怒了，湍急的河水掀翻了船，一向擅长水性的儿子被渔网钩住了脚，跟着河水冲到了江中。他应该去的，应该救儿子一命，不对，也许他去了，儿子根本不会掉进河里。还记得儿子剥鱼皮的样子，儿子的手艺完全不逊色于他。记忆是个狡猾的东西，越想从里面逃脱就陷得越深，时间并不能冲淡一切，反而增加了这份悔恨的浓度。不应再想了，更不应再提，别再折磨那苦命的儿媳。

“别太辛苦了，我这老头儿的衣服不洗也罢了”“爹，你这说的什么话，一家人的衣服哪有分开洗的理儿”。儿媳是个坚强的女人，自从儿子死后，他只看见儿媳落了一次泪，但她心里的事谁又能看得见呢？“把活放放吧，我老了，这碾鱼皮的活也教给你了。”“爹……”儿媳没再说话，站起来甩了甩手，回屋把围裙套上。“什么传统不传统，这是个家嘛，这祖传的手艺不传给家里人还能传给谁呢，我那五岁的孙儿就再等等吧。”他在心里一遍遍肯定着自己的决定。

他也不是没把这技术教给别人过。他是这个村落的族长，这个村里原来是有很多人的，村里的老人都会把手艺教给自己的儿女，那时他们围成一团，欢声笑语充满村落。不过随着城市的发展，村里的年轻人大都搬到城里了。“这世道发展得快，城里那楼房盖得比小葱长得还快，工作更是多得不得了。年轻人就应该跟着时代走，出去看看也是好事啊。”他这么安慰着自己。“可是他们怎么就一去再也不回来了呢，这里可是族人的根啊。”他越想心里越不是滋味。族人和这片土地的关系就像小船和那滚滚江水，而时代的发展在这江上建起了桥梁，不再需要这船了，也没人再触摸这江了。可他是族长，他的血脉就像是大树的根，和这片土地紧紧连在一起，早已不能连根拔起了。“随他们去吧，我定是要在这片土地上结束生命的，为了族人血脉，为了母亲的愿望。母亲……”人在悲伤的时候，总是先想到母亲，不是吗？

儿子回到江里了，村落里只有些老人了，但这日子还是照样过。下河捕鱼，鲤鱼、刁麻哈鱼、草根、鲢皮，都是做鱼皮制品的上好材料。他不禁在心里默默感谢上天，感谢大自然，能过上现在这种好日子全靠自然。但这江里的鱼怎么越来越少了，与江上那大型捕鱼船有关吗？把鱼鳞刮干净，剥下鱼皮后晾晒，再涂上鱼肝油保湿。大片的由他整理好，小片的鱼皮由儿媳做成线，仔细缝制后就成了一件件鱼皮衣，边角料还做成了工艺品，可以拿到集市上卖些钱花。看着儿媳每日忙碌的身影，再看看那六岁还没上学的孙儿，他心里一阵酸。“我看我也没几年活头了，你们就别守着我这个快死的人了。看这村里还哪有和你一样年轻的人，趁着年轻，收拾收拾带着毕拉哈拉去城里吧，城里日子好过些。得空了回来看看我这个老家伙就成了。”说这话时，他早在心里打好了草稿，但故作轻松的语气里带着的颤抖暴露了他的心。他不舍得儿媳和孙儿离开，但哪能为了自己耽误了这么一个好女子，年纪轻轻做了寡妇，还要照看这么一个老家伙。好日子才是她应得的啊！“爹，这样的话以后别再说了，你这是诚心不让我给你儿子有好交代啊。”“我会比你先见到他的，我给儿子解释清楚。”他在心里想着，却没敢说出口，怕儿媳再伤心。“就算不顾着你，你也想想毕拉，六岁的娃娃了，还没个学上，这说出去可不像话。”儿媳没再说话，她手上的活也没停，眼泪却像断了线的珠子打在灶台上。

这一个月里，儿媳总往城里去，村里人想在城里找个工作也不是件易事。终于，那天清晨，儿媳抱着孙儿来到他炕边，说道：“爹，我们就走了，下个月一定回来”。他没有说话，只是背过身去摆了摆手。脚步声逐渐远了，他起身打开衣柜想找件衣服穿，只看见衣柜中，洗净的衣物整整齐齐叠在一旁，几件崭新的鱼皮衣挂在柜里。转过身去，炕边放着饭菜，还冒着热气。“我这儿媳，好日子是她应得的。”

一个人的日子有些不好过，身边没有说话的人，难免寂寞。现在也越来越难打到鱼了，不知河神还醒着吗，千万不能坐视不管，我们就靠您了。

儿媳和孙子离开村子了，但他们总是回来看他，给他讲城里的事。儿媳在城里找了个手工活，老板欣赏她要强的性格和那双灵巧的手。在一次闲聊中，儿媳告诉老板，自己虽然是汉族，但家在赫哲村里，家里人也都是赫哲族。听到这，老板来了兴致，本身就是民俗爱好者的他连忙询问儿媳会不会鱼皮技艺。儿媳不好意思地说自己只懂些皮毛，她公公才是这手艺最正宗的传承人。没过几天，老板就联系到了当地的民俗传承组织，整个组织都很重视这门手艺。他们登门拜访了儿媳和孙儿，儿媳在他们面前展示了剥鱼皮的手艺。有人问儿媳家里有没有完成的鱼皮制品，儿媳本不想把柜子里的鱼皮衣拿出来，因为那是她从家带出来的念想，看着这衣服，她总能想起村子、木屋、公公，还有她深爱的男人。可孙儿听到这话，顺嘴而出：“柜子里就有，那是我爷爷做的，我爷爷会做天下最好的鱼皮衣。”儿媳慢慢打开柜子，拿出三件鱼皮衣，两大一小，是生下毕拉哈拉时公公给她一家三口做的。民俗传承组织的人看见这三件鱼皮衣，无一不惊叹这精美的做工，像是在看一件脆弱的艺术品，生怕自己贪婪的目光将这宝物破坏。组长小心询问儿媳可不可以照相，他想将相片送到民俗博物馆里，儿媳只是点点头。

民俗传承组织将这件事上报给了政府，政府也十分关注民俗传承。经过讨论，政府意识到赫哲族是黑龙江省最具特色的民族之一，当即决定为赫哲族建立单独的博物馆。同时政府也派了专门的小组到赫哲族人聚集地，了解当地族人的生活状况，帮助赫哲族人改善生活。村子里的老人们看见政府的人纷纷热泪盈眶，他们一直相信，他们没有被忘记。政府鼓励会鱼皮工艺的年轻人将手艺传承下去，老人们心里也暗暗欣喜，他们很久没看见自己的儿女了。

时间就像这江水，徐徐向前流淌。转眼之间，孙儿也大学毕业，找了个文化馆的工作。每次回来都缠着他讲村子里族人的故事，看着听得津津有味的孙儿，他心里乐开了花。也许不需要留在这村里，族人的根也不会断。儿媳和孙儿几次都要把他接到城里去，他想想还是不去了，母亲和祖辈都在这片土地上，更别提他那儿子还和江在一起，他能走到哪去呢。

那天，孙儿带回来了一群扛着摄像机的人，说是政府和电视台的人，他们对鱼皮工艺十分感兴趣。看着那黑漆漆的摄像机，他有些恐惧，那黑色的镜头仿佛一个黑洞，一眼望不到底，好像能吸走一切。他匆忙翻出藏在柜子里的箱子，从里面拿出一个个鱼皮制品递给孙儿，那都是以前他做给孙儿玩的玩具。在大家的目光都聚集在小玩具和衣柜中的鱼皮衣物时，一个拿着相机的人站在他面前说：“老爷子，给您拍张照吧，我们好做宣传。”他还没有反应过来，闪光灯就在他眼前闪烁了一下，温热的液体顺着脸上的皱纹流了下来，是因为闪光灯刺激到眼睛了吗？还是因为他意识到他的“黄金时代”已经消逝……母亲，我想见你。

鱼皮制品陈列满了整个展馆，导游望着照片失了神。“这件衣服是什么鱼皮做的？”游客的提问将他拉回现实，他将笑容放回脸上，用心给游客讲解。

爷爷，我身上有族人的根，你感受到了吗？爷爷，你的“黄金时代”还在继续。无视凛冬的严寒，春天就要到了，再等等吧，爷爷。

积雪逐渐融化，也许不是因为太阳，而是因为人群。族长站在滔滔流动的乌苏里江畔，等待着那个属于他的春天。

作者简介

魏雅文，北方民族大学文学与新闻传播学院文艺学专业2022级硕士研究生。

入围奖

追星星的孩子（节选）

高玉娇

小木屋的星星

我总喜欢抬头看星星。

我最喜欢的星星，在城里看不到，在冬日也看不到，只有在扎满苞谷草的山坳夏夜里才有。

好多关于星星的记忆都源于孩童时期。

小时候，头上的星星总是跟珍珠一样，又圆又亮。它们和萤火虫应该有点关系，我仔细观察过，那些比蚊子还细小的小虫子，夜里从粽粑叶里轻轻飘出来，飘到曾祖父的小木屋门口，又将似灭未灭的星火隐藏到苞谷林里去。

我第一次见到真正的萤火虫，激动地不敢出声，生怕惊了它们。曾祖母见我着急，麻利地找了个可乐瓶，扎几个眼，便叫小嬢嬢领着我扑萤火虫去了。抓萤火虫比抓蚊子简单多了，这些小家伙像没长眼睛似的，呆呆地等着人去围剿。一小会，可乐瓶里就泛起荧荧的绿光，像天上的星星一样，忽明忽暗。

我们抬了长凳，坐在堂屋门口乘凉，胶皮凉鞋沾了汗，黏糊糊地粘在脚上，不太舒服，索性抬脚甩到门槛边，脏兮兮的鞋子也想乘凉，调皮地钻到曾祖父的布鞋里去。啪！窝在曾祖父脚边的花猫警觉地看了一眼，又慢悠悠地睡下去了。曾祖父的大蒲扇，扇啊扇啊，微微的风吹着粘在额前的碎发。我把可乐瓶举过头顶，欣赏着被我这个坏人儿关押起来的小虫子们愤怒地撞着透明的墙壁，透过荧荧的绿，看见天上的星星也明明灭灭。夏天也便就这么过去了。

夏天结束，说明新学期要到来，我这“不被待见”的小孩要被送回家去了。

我跟小嬢嬢在三爷家平房顶搭小房子玩过家家，因为谁的棕娃娃漂亮争执得面红耳赤，正想掀了摊子不玩也罢，突然听见小二平跑过来叫我（小二平是我大叔家的二姑娘）。

“小玉，你快回老祖家去咯，你爸你妈都来啦，接你回城里呢”。

我磨磨蹭蹭又把掀到一半的房子搭回去，小二平已经跑上来。“你快点咯，是个小乌龟吗？皮嗦嗦的嘞”。说着叫上小嬢嬢，拽着我的胳膊就要下楼。

已经到了木屋门口，我远远就看见曾祖屋里乌泱泱坐了一群人，其中有我那个凶神恶煞的爸爸，他只管我成绩。我们家的小孩考不好要被打，跪在啤酒瓶渣子里用衣架打，用皮带抽。我从来没被打过，比起大哥九分的数学卷子，我还有退步的空间。只是玩得野了成绩必然会下滑，也要挨骂，我自认为挨骂比挨打丢脸多了。每次犯了错，我便成了跪在刑场上的囚犯，低着头听训的时候无异于受着生吞活剥的凌迟，刀子总往脸上招呼。

我兴致缺缺跨进屋，爸爸先是和蔼可亲地问我假期玩得开不开心，想不想家之类的话。

我还没开口，曾祖父就吹胡子瞪眼地抢着回答：“她还会有不开心的？一天野得大气都不见……倒是也听话的，跟着我去土里扯了几天毛豆，算吃得苦嘞！”

“倒是干脆转回来种庄稼算了，难怪在老家玩开心了，考那么点分。”连妈妈也做起坏人，在一旁帮腔。

我就知道，他们来必然是要审判我的。反正也玩够了，索性做个视死如归的勇士。我闹脾气了也是要让人害怕的，曾祖父说没见过哪一家的小孩比我能哭，真的扯开嗓子怕要几天几夜才有个消停。

审判还未开始就要结束，因为凶神恶煞的父亲看见我眼里噙着泪。

真正的审判刚刚结束便立刻又要开始。我这个皮猴要被带回城里去了。城里亮堂堂的，大街上灯火灿烂，车灯一闪一闪，比萤火耀眼。只不过云太厚，定然是没有这么好看的星星了。

这是我最后一次在曾祖父的木屋里住这么久。

我们的泪

我终于又可以长久地陪伴着曾祖父和曾祖母。

我上了小学，曾祖母的眼睛就一天天地看不清了。爸妈劝说了好几次，他们怎么也不上城里。我猜他们跟我一样，肯定是觉得城里不好玩，每天都有写不完的作业，人家种的黄瓜、番茄也不敢轻易去摘，在乡里摘了邻家的果子断不会有人怪罪，在城里可要被安上盗窃的罪名。况且水泥地里种不出好果子，只有沁人心脾的，带着些甜丝丝的青草味道的土才能孕育有灵魂的生命。

但他们终究还是来了。因为冬日里曾祖母摔伤了腿。

曾祖父和曾祖母住在一楼，我每天放学就往他们屋里钻，小屋里烧了回风炉，冬天里最暖和，搁几个黄心洋芋，烤得松松软软，整个屋子里都喷香。

曾祖母总和曾祖父拌嘴。曾祖母看不见，什么事都做不了，曾祖父嫌她麻烦，也不愿意叫我们帮她做事情。

但我乐意得很。

曾祖母用不惯拐杖，总是拿一张凳子当扶手。走到哪，累了就顺便坐下歇歇，我喜欢搬张凳子坐她旁边，帮她揪虱子。

我刚从老家回来那阵我妈也总帮我揪虱子，一边揪一边骂我不讲卫生。奇了怪了，怎么就我会长虱子，难道我真是垃圾桶里捡来的？

现在算是明了，我是从乡下捡来的，哈哈。

揪完虱子，我捧在手心让曾祖母看，她仔细瞧着，说看不清，我把脸凑到她跟前，大声喊："那你看看我是哪个？"她哈哈笑。"你是哪个？你是我小玉娇嘛，哈哈，乖妹妹。"

自然我也有不乐意的时候。

有几次妈妈叫我给曾祖母换床单，曾祖母搬了凳子坐在一旁看。床单上面印了浅浅黄黄的污渍，有些熏人，我总要憋着气才能不呕出来。不小心与她对视，见她泪汪汪的眼，我还得笑着。其实我并不嫌恶他们，我知道，人到老的时候都这样。但曾祖母尤其喜欢把各种小杂碎塞到枕头底下，不知道谁的一只的袜子，坏了的遥控器，我写完丢在那的草稿纸……每一次我都和颜悦色地说这些不要的东西该扔掉，我丢到门口，曾祖母又慢慢悠悠挪过去捡起来拿在手里。有一次竟然让我翻到一张幺婶家小宝用过的尿不湿，我是真的恼了！我厌恶极了这个不讲卫生的老妇人！

老妇人不讲卫生，但她比谁都爱美。一小撮白头发，快掉光了，毛笔芯似的，也要编成辫子或者挽成髻。她自己够不到，总招呼我过去帮她梳头。有时候编完辫子，我的手也腻乎乎的。

遇到天气好，我就抬一盆水，坐在院子里给她洗头。毛笔芯似的头发沾了水就更稀疏了，软塌塌地贴在头皮上，像刚出生的婴孩的胎发，柔柔的，软软的。洗完头，顺道帮她滴眼药水。曾祖母患了白内障，她看我时眼睛总是湿润润的，蒙了一层雾气。其实我也不确定她到底有没有看我，每次挥手她都不回应，但我进屋她就会喊："乖妹妹，来给老祖滴眼药水……哎呀，我这手僵硬，抬不起来啊。"我小心地滴完眼药水，她眨巴着眼，重三遍四地谢我："我家小人懂事啊，又孝顺，天天来看老祖祖……老祖祖谢谢你们啊，乖妹妹诶，都是好的娃娃，好的。”这个啥都干不动的老妇人向来不吝啬对我的夸赞。

我讨厌被叫作小人，但她说小人就像乖妹妹，是乖娃娃的意思。

我喜欢她叫我小人，我不是小人又是什么？！

……

我最终没有帮曾祖母梳好发髻，也终于没有再听见她叫我乖妹妹。

……

那天我贪玩，跟着大姨家的姐姐去了她家里。早几天曾祖母就摔下床，过了寒气，再也不能动，连着几天一口饭都没吃下去，叔叔伯伯轮班守着她输液，所有人都有种不言自明的预感，于是小屋的灯彻夜亮着。我每天放学都以最快的速度赶回家去，生怕错过最后一面。

偏就那一天，我心里慌得厉害，总觉得不安，奈何还是跟着表姐去了。

夜里大姨爹突然开门，他就那般站在阴森的黑暗里，我的心被一根无名的钢丝勾住，挂在喉管。

“小玉娇，快！你爸叫你快回家，你老祖婆快不行了！”

我坐在车里，车堵在半路，大姨爹使劲按喇叭，前面的车半寸也不肯挪动。我火急火燎地开了门跳下车往前冲，霎时红红黄黄的灯影在眸中交错，晃得厉害，头脑却是一片空白，只有一个念头——往家赶，快点，再快点！

可我还是慢了……

妈妈疲惫地看了我一眼，转身忙着招呼事情去了。我不敢往里走……我走不动……脚灌了铅，直愣愣站在路口。哥哥见我，猛地捂住我的嘴，匆忙把我拽到二楼才肯把手放开。

“哭吧，别让老祖公听见，他肯定比所有人都难受，他不敢哭，我们也别让他担心。”

我知道他说的都对，可我还是忍不住，眼泪泄了闸，不管不顾地冲下楼去寻老祖婆。她不在屋里，我四处找不到她。悬着心脏的钢丝越拉越紧，心又慌又痛，揪着难受。哥哥说的我什么都忘了，只顾傻站着哭，在曾祖父屋门口又蹦又跳，好容易长大的小人又变回在农村撒泼打滚的野孩子。

“我老祖婆呢？我找不到！在哪吗……哪个来帮我找找……”

婆婆上前来把我埋进怀里，也跟着我哭。

她领我去看曾祖母。

婶婶们已经给她擦好身子，换了衣服，正要准备装棺。她就躺在那，面上盖了薄薄的床单。我远远地看见她瘦小的轮廓，从前她要扶着凳子，总是弯着腰，现在她直起背来，我却不敢凑近去看。

“婆婆……你说……怎么偏偏……就今天……我不应该去玩的，我……我要早点回来……我……”

婆婆拍着我的背，也悄悄地抹眼泪。

早点回来，我也永远没有了疼爱我的曾祖母。

办完事那天，大叔说起曾祖父。

“老爷子挺坚强，都没哭。”

只有我知道，曾祖母走的第二天，我去收拾屋子，曾祖父的枕巾湿了一片。

棕帽子

曾祖父有个棕帽子，很是洋气，像抗战片里土匪头头戴的老式军大帽，两边的护耳可厚实，向上一翻，毛茸茸地圈在帽檐上，像曾祖父养过的大花猫懒洋洋地趴在上边。

这暖和的军大帽，曾祖父冬天戴，春天戴，夏天也戴。老年人真是很神奇，入春了屋子里还烧着旺旺的炭炉，每次进门我都觉得自己变成了一块面包，被烤得滋滋冒油。曾祖父却从不觉得热，他还是戴着他那个军大帽。

“你不热吗？老祖！”

“你说喃？”

“我说……你热不热？你的帽子要不拿下来吧？”

“哦，不热不热，不用拿。”

“你这里面怕不是有宝贝哟，哈哈哈，怕我们给你偷走？”

“咦！乱说！”

其实帽子里真的有宝贝，我早知道了，在艳姐考上大学那会，曾祖父悄悄从里面变出钱来，塞在艳姐书包里，我看见了。等我考上大学，曾祖父也要变出钱来给我的吧。

曾祖父年纪越来越大，身体也一天不如一天。我怕收不到他的钱，越来越盼望着早点考上大学。

那阵子镇上宣传要火化，他心里害怕，早就跟爷爷商量好，他要死在老家的屋里。这样说着，身体竟然越发强健起来。

早些年，家里的生意刚开始红火起来，全家老小都忙得热火朝天，我和妹妹总是被抓去做苦力。只要不读书的日子，必然是要被逮到厂房里的。冬天风嗷嗷地吹，手冻得僵直，我坐不住，干一会就要跑，跑了又被抓回来。我不屑于拿全勤奖，趁着老妈没盯住就溜。后果就是每天都要被劈头盖脸地臭骂一顿，可怜巴巴滴着眼泪到厂里干活，还要被亲戚们奚落。

曾祖父倒是成为我羡慕嫉妒的对象，他一刻也不闲着，总要去厂里忙活，大家热络得很，叫他快去歇着，他不走。偏没有人叫我去休息。

厂子里招人，我就偷偷观察新来的小工，但凡速度比不上曾祖父的，在我心里就不合格，我是要去告小状的。要是做流水线，曾祖父能顶掉好多人的位置。

我去市外上高中，半年才得回一次家。

曾祖父的模样突然就变了。他的眼袋越来越垂，上眼皮耷拉着把眼睛盖成一个小三角。脸颊也渐渐瘦下去，茂密的一字胡开始染了白。但寸许长的头发还是乌黑，竟然比我爸的浓密许多。大概是那顶棕帽子真有什么魔法，戴上就能让人头发变黑吧。

我喜欢给他带好吃的。一开始是炸洋芋串、泡鸡爪，还有苹果一类的，后来变成饼干、软糖、卤豆腐，再后来就只能带蛋糕和香蕉这种不费劲的吃食了。

曾祖父的牙越来越少，竟然只剩一颗门牙，被老皮烟熏得发黄，勉强留着孤零零地做装饰，实在有些可爱。

我给他带了榴莲。家里人吃不惯，我们祖孙俩却很喜欢。

“老祖祖，你猜猜这是嘛？”

“哦哟，看不出来，怪模怪样的。”

“榴莲！很好吃的东西，你尝尝。”

我把掰成小块的榴莲肉递到他嘴边，看他吃到嘴里，仔细观察他的表情，生怕错过一秒。他眯着小眼睛细细嚼着，唇瓣来回抿，总算尝出了一点特别的味道。

“嗯……还好吃，可以可以。”

“好吃哈！好吃就多吃点。”

我开心了，终于找到一个志同道合的小老头。

夏天里我最爱吃西瓜，解暑又清凉。小老头也很是喜爱吃西瓜。我长期肩负着切西瓜的重任，私心里会切两块大一些的，一块自己消灭，另一块留给曾祖父。幺婶不让我给他分太多，怕拉肚子，我偏不听，还悄悄多给一块。

曾祖父像个小孩子，吃东西喜欢眯着眼睛，汁水流得满手都是。我真的太喜欢这样实诚又有趣的小老头了。

分了几年的西瓜，我的高中结束了。

我终于看到曾祖父的棕帽子为了我而摘下来。

拿到录取通知书那天，我蹦蹦跳跳地跑到曾祖父屋里。他不识字，但不妨碍我们祖孙分享这份喜悦。我迫不及待地要给他看我的录取通知书。

“老祖！你看你看，你猜这是什么。”

“哈哈哈，别跳咯，楼都要垮啦！我看看是什么好东西。”

“是真的好东西，你看，我的录取通知书！我要去上大学啦！”

他的眼睛突然放了亮光，捧过我手里的红册子，小心翼翼地端详起来。

“你这个学校是在哪嘛？”

“宁夏”

“宁夏是哪个方位？远不远？”

“宁夏，很远的，都快赶上去北京了。”

“在北京啊，有出息嘞！”

“嗯，以后好久回不来家咯，你不要想我哈。”我故意不纠正他话里的错处，私心认为他是只认识北京的，他天天守着电视看新闻，那里可是宝地。

“嗯！好幺儿，厉害！有书读就不焦心，好好读，以后找个好工作，不像我们种庄稼一样过苦日子去。”

我有些紧张，从来没觉得曾祖父这么难过，或许他不是难过，但我见他眼里分明有了泪。

我仔细把通知书放床边，他晃晃悠悠摘下头顶暖烘烘的军大帽，我以为他要梳头，给他拿了梳子。他没接，把帽子内圈翻开，从里面掉出一小坨红塑料袋，他要弯腰去捡，我先一步捡起来放在他手心。

他双手发颤慢慢把裹得里三层外三层的塑料袋打开，里面是一块小方帕，我曾见过，在曾祖母的葬礼上，妈妈和婶婶就是用这小方帕蒙住眼哭丧的。眼见他小心翼翼地掀开四边，终于露出了深埋的宝藏—— 一小卷新崭崭的红票子。

他用被皮烟熏黑的手指仔细地把钱捻开，数了两张，递给我。说："不给多，一个人两百，你艳姐也给的两百。剩下的留给小玉梅，还有小芸和小芳。"

"好，谢谢老祖祖。"

"我们家的姑娘娃有出息，个个都成绩好，老祖祖心里开心，都望着你们好。"

"嗯！"

"不要跟几个小妹说，等她们考取了我再拿她们的。你们只管好好读书，你那些叔叔孃孃拿的钱我无处用，就放起来，以后你们结婚好补贴你们买车买房子。"

"好！"

我心中酸涩，没有推辞，帮曾祖父把他的钱折好，放回方帕里卷起来，装到塑料袋里，塞进帽子里藏起来，也把我们的秘密藏起来。

追星星的孩子

人间有个浪漫的说法，人们死后会变成天上的星星，继续守护着重要的亲人，你抬头，看见最亮的那颗星星，就是你最想见的人。

不只是扎满苞谷草的山坳夏日里有星星，城里冬日的傍晚也能看见星星。

疫情将散，我们终于熬过了最困顿的几年，空气自由了许多，脚步也不再被牵绊。我也越发忙碌起来。要为即将到来的毕业和往后的出路做些准备，冬日赶上年节，还得抽出一点时间为家里的生意忙活。故而曾祖父的屋子里去得越来越少了。

逼近年关，下班的时间也越来越晚。我从曾祖父门前路过，迟疑了一刻，终究没有走进去，上楼便瘫倒在床上。第二天，如常地学习、上班、赶货。吃早餐时路过曾祖父门口，还是没有进去。日子太匆忙，所有人都没有时间停下脚步。

……

大哥打电话来时，我正在点货打包。他语气不太对，沉闷得让人害怕。

“娇，快到老祖公这里来。”

“我现在有点忙，你等等，我……”

“不要忙了！”他突然吼了一声，我被吓了一跳，心跳不自觉地加速，多年前那种不言自明的预感又涌上心头来。

“你快来，老祖公熬不住了……来见他最后一面。”

分明只是一次小感冒，怎么会!

熟悉的感觉又一次出现了，我的心再一次被挂在胸膛里，大脑宕机，无法运作。我只能拼了命地跑。

到曾祖父门前，我轻轻推门挤进去。爷爷坐在床边抓着曾祖父的手，给他上呼吸机吸氧。爸爸站在后面，哥哥从门后回头看我。我们对视一眼，什么话都没有说。我悄悄挪到里面，想仔细看清曾祖父的脸。他闭着眼睛，胸口剧烈起伏，发白的唇瓣紧闭着，嗓子里卡了痰，呼吸时喉咙里咕噜咕噜响，时不时费力地咳嗽几声。

爸爸见呼吸机没有效果，慌忙拔了管子出门要去换新的。

我让开路，站到哥哥身边，他猫着腰上前，和爷爷一起把曾祖父扶坐起来，轻轻抚摸着曾祖父的脸。曾祖父的呼吸越来越急促，好几次没吸上来氧气，长长地吸气之后停顿半晌，一口浊气才用力地冲破嘴唇吐了出来。我站在旁边，呼吸也跟着越发困难。

我渐渐看不清他的脸，用颤抖着的声音呼唤他。

“老祖……老祖……”

曾祖父耷拉的眼皮微微颤动着，怎么也睁不开。我早就看不见他的眼了，在最后这几年。他的身子不知道从什么时候开始越来越差，走路也要拄拐杖，眼珠像蒙了一层雾，灰蒙蒙的看不清，我同他讲话，他答非所问，一模一样的话每天都在重复。

……

“老祖，你看我是哪个？”

“哪个？看不见！”

“我是小玉娇诶！”

“哦，小玉娇啊，幺儿，老祖眼睛看不见嘞。面前只有个人影子。你要来喊我，我才晓得是你。”

“好，我先喊你。”

……

我喊不出声，声音咽在嗓子里。

“我是小玉娇诶……”

“老祖……我是小玉娇诶，你看看我。”

我怕没人回答……

我最终还是转出了屋子，继续忙手里的活，幺爷说曾祖父最多还能撑两天，我心里盘算，忙完今天，我就去守着他。

中午，远处的亲戚都来了。一大群人乌泱泱地挤在暖烘烘的屋子里。

门口停了一辆救护车，却不是要去医院。

去哪？

大概去曾祖父的小木屋吧。

我不能跟着去，爸妈都去了，家里的活要人盯着。

我又同小时候一样，恨透了这牵绊人的活计，只是此时我却没有逃跑的勇气。

忙完今天，我就赶回小木屋去守着他。我快一些，再快一些。可我怎么也快不起来，眼里总在下蒙蒙的雨，再没有天晴。

傍晚，妈妈的电话打过来，那边的雨也跟着下……

“快带妹妹收拾好，你哥过来接你们。”

“这边还没忙完，我们直接走吗？”

“那边有四姨和舅娘先看着……”妈妈哽住了，我知道她想说什么，我们隔着手机陷入了长久的沉默。

“……老祖公都走了……你们快一点，等你们过来见孙。”

家里的老人故去，要由后辈给他擦拭干净，换上衣服。干干净净地，与所有亲人见最后一面。

我们的最后一面，是在小木屋。

他和曾祖母故去时一样，静静地躺在堂屋里，门外围了好多人，我挤进去，扒在门边看到他的脸，他睡着了，什么话也没留下。

等子孙到齐，人们将他扶坐起来，我和妹妹站在堂屋门口，周围都是叔伯婶娘，还有家里的兄弟姊妹。我们跪下，听先生念经文。青石板上沾满了潮湿的泥，泥水浸入裤腿，紧贴着膝盖，刺骨的凉。我觉得呼吸不上来，想大声哭，眼睛眨也不眨地盯着屋里那人的脸，他分明和活着时一样，只是安静地坐在那，双手摆在膝上，听着门前的小辈们唤他。

就像前几日我们坐在一起谈论哥哥快要出生的孩子，他眯缝着眼眉飞色舞地说：“快生，我给你们带着，你们快快地多生几个。”

就像我上大学时他悄悄给我拿钱，语重心长地劝我：“要好好读书，不要过苦日子，老祖补贴你买车买房。”

就像我们计划着过完年要给他办一场盛大的百岁生辰宴。他拘束又期待地盼望着。

我的老祖没见到哥哥的孩子，没看到我找到好工作，也等不到那场盛大的生辰宴。

……

艳姐终于赶回来了，扶在棺边哭肿了眼。姊妹们每夜跪在灵前烧纸，我的泪也跟着纸钱焚烧。纸火、香灰、整日里悲鸣的锣鼓，还有唯一一张他摘了帽子，笑得灿烂的黑白照片。我的2022年，剩下这些。

我在城里看见好多星星。大颗大颗，亮闪闪的，跟那个夏天在山坳的木屋里看见的一样。

风起了。

吹散未烧尽的，闪着红光的纸灰，像那日我捉到的莹莹的小绿虫，在空中打卷，回旋，升到遥远的、让人思念的星星身边去。

“老祖啊，你能不能看见，你能不能看见……”

我的老祖终究还是到了那窄窄的黑暗的地方。

我也终究没了烧着炉子火的暖烘烘的小屋可以去。

作者简介

高玉娇，宁夏大学文学院汉语言文学专业（教师教育）2020级学生。获2022年宁夏大学生原创文学大赛散文组入围奖。

入围奖

百里香（节选）

曹文睿

午饭过后，坐在客厅窗前的藤椅上，细细品味着母亲为我泡的地椒茶。此时虽已立秋，但万里无云的天空，只有那散发着灼热气息的太阳独自赶着路。山腰间的柳树，似乎看出了我的窘迫，开始摇摆自己的辫子，送来了阵阵凉风。在临山而建的几十层的高楼之上，半城景色几乎尽收眼底。

仔细一看，不远处山腰间成排的白杨树下竟然有一个小村庄，几个小孩儿在追逐嬉戏，霎时一股熟悉的味道涌上心头。此时，我的眼前浮现出了立秋过后，一个稚气未脱的小男孩在村庄前的一棵树上，学着孙悟空眺望远方的虚影。

“奶奶，你不是说站得更高，看得更远吗？为什么我看到的只是最远处的一座山？”我一脸疑惑。

“以后你会慢慢知道的。”奶奶在树下用簸箕簸着燕麦说完，又哼起了秦腔。时间久了，我慢慢地习惯后，不再感到厌烦。“我要是有像孙悟空那样的千里眼、顺风耳就好了！”我又自言自语着，索性找了根粗枝干躺下来，跷着腿。突然一根细丝坠下来，上面还有一个小黑点。直到眼前时我才看到，这是一条跟自己拇指般粗细的毛毛虫。我突然叫了声，奶奶被我这突如其来的声音惊吓到了，刚剥好的燕麦差点又撒了一地。

“好大的一条毛毛虫啊！”我手握着毛毛虫，看了又看，“这下逮鸟有好东西了！”说罢又开心地笑起来。

炎热的天气使得知了不停地叫着，那声音竟有点像村里停电时，爸爸买的发电机运转起来的声音。“太渴了。”我拧开随身背的水壶，喝起了带有香味的地椒茶。

“这比商店里的雪糕都管用，这地椒草全身都是宝。”奶奶不时地说道。

“全身都是宝？怎么可能呢？”年幼的我怀揣着这个疑问，却又对此无可奈何。直到现在，我终于翻阅了各种相关的书籍，对地椒草做了相关的了解。

地椒草，又名百里香，唇形科，属小半灌木植物，茎干较矮，较细，表面有毛刺，深绿色，呈中空圆柱形；叶子较大，相对而生，浅绿色椭圆形，表面光滑无毛；花朵较小，呈紫色多边形，花冠为深紫色；种子较小，黑褐色，表皮较硬；花期6—7月；果期7—8月。

地椒草的药用价值非常大。《本草纲目》中记载，百里香有祛风解表、行气止痛的功效，用于治疗感冒、牙痛、消化不良、急性胃肠炎、高血压等疾病。百里香很适合在料理中使用，加在酱汁、汤品、炖煮类料理的食材上烘烤，能尝到独特的香气与层次丰富的风味。

“生长椒草的地方叫啥，奶奶？”我一脸好奇地问道。

“在咱们经常上香的那个庙背后。”

“那现在还有吗？”

“你干啥去？”奶奶有点紧张，似乎猜出了我的意图，“放心，就咱们前天采的那些够今年喝的，别采光，村里其他人也要采些拿回去用哩！”“哦，知道了。”虽说嘴上答应了，但我的好奇心是强烈的。

年少时的好奇可以说是我最大的特点，总是找一些与同龄小孩不符的事儿来做。有一次，我偷偷溜进爷爷放工具的窑洞里，左看看，右摸摸。一刻钟后，找到了一捆方方正正的东西，落在上面的尘土都可以用来和稀泥了。我剪断扎带，费尽力气将这些东西带出来到院子里。“竟然是些书，这都啥时候的烂古董？”我翻开书，仔细一看，书上有人物又有地图，看起来挺有趣。“那是你爸初高中的历史地理书！”奶奶看了一下灰头土脸的我说道。

自那以后有很长一段时间我都在看这种书，看累了再学着大人的样子品清香宜人的地椒茶水。虽然在看，可是除了上面的图画，剩下的啥也看不懂。此时的我也很无奈，只能找最好的玩伴柳生来帮我了。柳生比我大一岁，生来不会说话，只能用手来比画他想要表达的意思。由于我们长时间在一起玩耍，他的手语我大概都能看得明白。他的父母是高中生，他不但认识很多的字，记忆力也很好，而且会写一手漂亮的毛笔字，看过的古诗他都会写。这也使得他在村里孩子中的地位很高。

柳生看到我手里的书很是惊讶，我也说明此书的由来。他微笑着对我竖起大拇指，又指了指我身上背着太奶奶给我做的小弓箭和装着地椒茶的水壶，还有形影不离的大白狗，又指向他自己，一脸严肃。我看了一会，明白了他的意思，紧张地说道：“好大哥，弓箭可以送给你，可是水壶和大白可不能啊！”

柳生突然笑得前仰后合，“原来你是在开玩笑啊！”我挠了挠头，也跟着笑起来。这是我认识他以来，他笑得最开心的一次。随后，他带我到他学习的地方，用鸡毛掸子拍打掉我身上的尘土，便拿起书，边看边给我比画，我看得一知半解。一晃到中午了，他比画出：“明白了吗？”我说：“差不多吧。”

“今天不回了，留在我家吃饭。”他又饶有兴趣地比画着，接着他又不好意思地比画出：“把你的那些书借我看看，一定不给你弄坏。”说罢又双手合在一起，低头恳求我。

“别别别，都借给你，尽管看。”看到我答应了，他才开心地笑了，又转身倒了一杯地椒茶给我。

每天晚上《新闻联播》结束后，他便打开电视，吹响同伴们之间互相联系的柳皮笛子，然后我们“梅山六兄弟”都到他家。“《封神榜》开播喽，《封神榜》开播喽！”我们都兴奋地大喊道，并紧盯着电视，生怕错过每个细节。每次看电视剧，柳生先沏一壶地椒茶水给在座的我们，柳生的妈妈也端来一盘干果放在我们面前，并打电话给我们的家长，防止他们因担心又拿着喇叭在村里到处找孩子。

在与柳生相处的几年时光里，他教给我很多，还没上小学我就认识许多字，并且接触到一些历史知识。真的没想到，这些东西竟然深深地影响了我几十年来的学习道路，甚至在病痛折磨我的初中时代里，成为我学习的动力。

后来父母从南方回来，要带我去城里上小学。临走前柳生还哭着来送我，“放心吧，到寒暑假我一定会回来的。”本来是笑着告别的，可终究是没忍住流下眼泪。

自打那以后，我就再也没见过柳生，也没有确切的联系方式。偶然一次竟听说他在一次顽疾复发后没有抢救成功，我很是震惊。但后来经过多次打听，也是这个结果。那一段时间，我的心中真的是五味杂陈。即便是晴空万里的蓝天，于我而言，也都是乌云密布的阴天。时至现在，每当想起他时，眼前总是会浮现出儿时他那天真烂漫的笑容。

每年的端午节前后，爷爷都会带我们上山采地椒草，前提是必须得先到庙里上香。庙背后一片缓坡上，成片的地椒草，绿油油的，粉红色的地椒花散发着迷人的香气。它虽不像玫瑰、郁金香那么珍贵，放在盆里供人们观赏，但它的价值却丝毫不亚于那些高贵的花朵。

“采的时候，尽量不要连根拔起，用小刀将根上部分割下来就行，连根拔起，土壤会露出，一场大雨后会被冲走，来年可能不会再长。”爷爷对我和妹妹叮嘱道。

其实爷爷叮嘱得不错，这些地椒草，似乎很有灵性，并不是遍地开花，而是在特定的地方成片生长。

“真香啊！白糖水都没有这个味道。”我缓缓地吮吸了一口，想要留住地椒草的香味。

“是啊，这香味要是永远在多好啊！”妹妹也高兴得很。

手提篮采满后，一家人一路有说有笑地回家了。下山的时候会路过很多户人家，他们总是那么地热情。

“今天先别回去了，带两个娃娃进来吃完午饭再回去也不迟啊。”碰到那些在自家打谷场劳作的大叔们，都会热情地问候这么一句。有时候难以推脱，只能接受他们的盛情邀请。

“这是地椒草的香味啊！今年成了吗，大妈？”

“成了，他大婶，在庙背后的坡上。”奶奶爽快地告诉了他们。村里人都这样，有啥好的，别人问起，很难去拐弯抹角兜圈子。

回到家中，爷爷将地椒草分开，再仔细地挑拣一遍，找出里面的杂草和陈年的地椒草，留下新鲜的，将根部剪下并收藏起来。

地椒草不是刚摘下来就能泡茶的，而是把夹杂在里面的柴草要仔细挑拣出来，简单一点的话，晒几天干了就行。但要真正细品的，还需在锅里擦一层油，进行烘干，这样，地椒草还有一股油香味，可以长期封存，不会受潮，也不会变味。

剩下的地椒草残渣，收集起来可以拌在饲料里，对圈里的羊来说，再也美味不过。

奶奶将地椒草进行了一道精细的工序后，地椒茶才算被真正地做成了。然后再把地椒茶分成两份，一份泡水，另一份作调料。这足够接下来一年使用了。

每到开春播种的时候，天亮之后，爷爷便牵着驴带着耕犁去耕地。到日上三竿时，奶奶就带着我和妹妹去给爷爷送餐，一大壶热乎的地椒茶是每天必备的。吃完早餐，爷爷又开始了他的工作。每次我出去与伙伴玩得大汗淋漓后，回到家喝上一口热乎的地椒茶，别提有多舒坦了！

进入大学后，每当我暑假回到老家时，总会看到爷爷沏一壶地椒茶，一个人静静地品味着。已是耄耋之年的爷爷还常去放着耕地器具的窑洞里看看，似乎想找回曾经那些日出而作，日落而息的日子。有的时候，他还会带上我，并背一壶茶水去地里除杂草。

“爷爷，您现在老了，不如将这些地租出去，不用这么来回到地里折腾自己了。”我拔掉一株杂草后说道。

爷爷看着麦地旁边太爷爷的坟，叹了口气，锄了些杂草，说：“你小时候，我领着你在村里到处割苜蓿，为什么只有庙背后那块地天生就长地椒草，而其他地方很少见？”

爷爷没回答我的问题，反而又提出一个问题，让我很是疑惑。

“因为那里有着合适的环境。”我不解地回答道。

爷爷拉着我坐在太爷爷的坟前，说道：“那是学校里教给你们的地理知识。地椒草在经历长时间的适应后，对那片地产生了很强的依赖性，它们深深扎根地下，差不多和土地都融为一体了。”他喝了口茶水又说道：“作为在田里劳作了一辈子的农民，对于土地的感情不是说放得下就能放得下的。就好比地椒草离不开那片土地一样。城里的生活毕竟是你们这些年轻人所向往的……”听着爷爷的讲述，我终于有所顿悟。

……

“想什么呢？茶水早已喝完了，还想把茶叶吃掉啊！”母亲拍了一下我的肩膀，笑着说道。

“妈，你看那儿。”母亲顺着我指的方向看去，瞬间明白了我心中所想。

微风轻拂，夕阳的余晖在山腰间那排挺拔的白杨树间缓缓地走过，小孩儿的嬉戏声早已飘向远方，没人住的村庄早已断壁残垣。我又喝了口地椒茶，虽然没有儿时漫山遍野的香气那么扑鼻，但它永远萦绕在我的心间。时至今日，我也真正明白了爷爷那番话所蕴含的真意。

作者简介

曹文睿，宁夏大学新华学院汉语言文学专业（文秘方向）2021级学生，喜欢写小说、散文。

入围奖

丁达尔效应（节选）

文丽蓉

夏天的夜晚总是令人向往的，更不用说是乡下的夜晚。

每次到了暑假，我总会去姥姥家待上好些时日，今年也毫不例外，一放暑假就马不停蹄地来到姥姥家，过着梦中般的乡下生活。

吃着西瓜，数着星星，时不时地拿蒲扇扇扇风。这日子真的是快活似神仙，真是悠哉乐哉矣。

“姥姥，你给我讲讲故事呗！”我停下吃瓜的嘴一脸笑嘻嘻地说。

“让姥姥想想。”

“我像你那么大的时候，有一次大概是秋天的时候吧，去我的姑姑家玩。”

我姑姑家在绍兴的一个小镇子里，依水而建，靠山而筑。镇子里面的人家挺多，大概有百来户吧，镇子民风淳朴，热情好客。

但在我姑姑家的对面有这么一户人家，很是奇怪。

我问过我姑姑对面有没有住人，刚开始她并不愿意多说，直到被我磨得不耐烦了才说对面住着一个比你大几岁的女孩，叫江清月。她们家就剩她一个人了，姑姑说完这句话就摇着头继续纳鞋底了。

我想过去对面找那个女孩玩，但后来没有去。心里还有点惋惜没有见过她，错过这一次恐怕以后就没有再见的可能了。

事情的转机是一个午后，那是我第一次见到她。怎么说，人长得不是很好看，但还算清秀。就是脸有点白，还时不时地咳两声，一看就知道是病秧子一个，我就说嘛一直闻到的药味是哪里的，原来是从对面飘过来的。

她良久之后才慢慢移动脚步走到庭院中的葡萄架下，缓缓地坐了下来。仔细地抚摸着那两半碎玉，接着便传来剧烈的咳嗽声，一声比一声大，一声比一声让人心惊，就连沥沥的雨声也掩盖不了半分。

她在那坐了多长时间，我就站着看了多长时间。水雾蒙蒙，也只能看到一个模糊的身影。

我静静地听姥姥讲故事，连手中的瓜都忘了吃："那最后呢？"

"最后我就回来了，听我姑姑说江清月死了。"说到故人已逝，姥姥的脸上浮现出一抹悲伤。

一听江清月居然死了，我连忙追问她是怎么死的。

姥姥重新躺到躺椅里，摇着蒲扇说："病死的，她病得很严重，没能撑过那个冬天。"

我不知道我是怎么躺到床上的，只是再睁眼时天边早已光亮，阳光透过云层洒向大地，形成了美丽的丁达尔效应。

作者简介

文丽蓉，银川能源学院商学院能源经济专业2020级学生。喜欢看书，写小说、散文。获2021年宁夏大学生原创文学大赛小说一等奖。

入围奖

外　婆（节选）

明彩红

秋风乍起，屋里弥漫着冷气，我拿起笔，写下外婆的故事。

外婆曾是地主家的女儿。她父亲计划将她嫁入军阀世家时，新时代吹醒他的美梦，外婆的父辈们苟延残喘般谋生。

祸不单行，“文化大革命”波涛汹涌般席卷而来。一天夜里，外婆的父亲在睡梦中被带走。

外婆逃跑前，她母亲给了她两个桃。

外婆在逃亡的途中遇到了两个流民，看着貌美的外婆垂涎不已。外婆吃了一大口桃。她对桃过敏，整个俏丽的脸顿时痛苦地扭成一团，十分狰狞。两个流民以为她得了怪病，外婆逃过一劫。

在外婆的心中，既是她母亲救了她，更是桃子救了她。从此外婆换上了农夫装扮，颠沛流离，直到遇见外公。

外公是个牧羊人，他一辈子只干了一件事——放羊。

外婆看着羊群和形单影只的外公，紧绷的心松弛下来，眼光聚焦在外公手里的土豆上，外婆拿出剩下的一只桃，换取了外公的土豆。

至此放羊人外公身边多了一个外婆。

外公对一切漠不关心。外婆度过一个个担惊受怕的夜晚，熬过一季季腥风血雨的流年。

几年里，时间的年轮在外婆粗粝的皮肤中滑过，一个大风凛冽的夜晚，外公的几只羊丢了，茅屋里传来外婆的哭泣声与外公的鞭子声。外公寻找他的羊，从山沟走向平原，从平原走向闹市。外公忘记了羊群。

外婆生下了第一个孩子。好景不长，外公找到了一只羊，再次离家出走。

外婆看着幼小的孩子，走向了大城市。

改革开放的春风席卷神州大地，各种商机与机遇从高墙流入寻常百姓家。外婆打零工，赚了一些钱。外婆拿到钱有些恍惚，这些年生活推着她走，她记起了遥远的往事，一帧帧痛苦的画面席卷而来，外婆流下了几行浊泪。

外婆的一生注定坎坷。

一天，外婆把舅舅送到学校时眼皮总是跳。外婆和舅舅被一只曾经喂过饭的流浪狗跟着，对着外婆犬吠。后来外婆说："人有时候不如狗，狗念情。"

舅舅就是在那个早晨去世的，死于意外。课间同学们嬉戏打闹时，舅舅不慎摔倒，头正磕在操场上的一块石头上，等送到医院已经没救了。外婆眼睛直勾勾地盯着舅舅的尸体，流尽了半辈子的眼泪。

外婆埋怨自己留在城市的念头害了舅舅，于是她踏上了返乡之路。

外婆回到了和外公曾经生活过的茅屋，遇到了失踪了的外公。外公邋遢不已，看着形如枯槁的外婆，吃土豆的嘴微微地颤抖了一下，减缓了下咽的动作。"儿子死了。"外婆平静地说，外公听到时终于把头从羊群上转过来，迟钝了半会说："人呢？""埋了。"说完外婆便躺在破旧的茅屋中。

第二天外公出去放羊，再也没有回来。

清晨斑驳的阳光透过窗纸洒在炕上，外婆感受到久违的温暖。她翻身起来，看着空空的羊圈意识到了什么。"傻子。"外婆骂出这句话的时候，眼眶那抹红逐渐消失在眼角。

外婆去世前，吩咐我们在她的身边放一只桃。

我倒完最后一杯茶，茶水如丝般渗入到喉咙里，微苦！

作者简介

明彩红，北方民族大学少数民族语言专业硕士研究生。喜欢阅读与写作。小说、散文分别获得第十四、十五、十八届全国大学生文学作品大赛一等奖、二等奖、三等奖。

入围奖

星空夜（节选）

朱田嘉

这是一个春天的夜晚。

——题记

风在窗外轻轻地吹着，轻轻地敲打着在春天中招展的一切。天空很明，无数颗星星编织着一副无比美丽的星空夜。鸟儿不再啼叫，似乎在接受着风儿的抚摸，春耕的人们也回到了自己的家中。远处的苍山、湖泊，正在被一个叫作春的颜料笼罩着，正在接受一次无比温暖的沐浴。忽然，我听到了大山对我的呼唤，于是，我推开门，走出我的小木屋，向远处的大山走去。

我匍匐在无边无际的夜中，头顶上的是星河，耳畔吹过的是春风，我脚下的，是故乡的泥土。我继续往前走，依旧是无边无际的夜。我在无比宽广的莽原上行走着，和被定义为自然的花草树木一起，在厚重的原野上方、炽热燃烧的星空之下，我孤独地前进着，聆听着无比亲切的大地母亲发出的啸音。

那座呼唤我的大山就在远处，但我感觉它总是离我那么远，好像就在雾中一样时隐时现，我害怕极了，只得加快步伐继续向前走。就在这时，我看到天空中的星星竟是如此明亮，就像在黑夜中为航行的船照亮前方的灯塔一般。我被深深地吸引住了，我忽然明白，真正呼唤我的是天上的星星，而不是远处的大山，真正的风景是这星空，而大山中没有能够慰藉我心灵的风景。

终于，我选择了停下。我坐在一块大石头上，仔细地欣赏天上的星星。很快，我便看到了那像把勺子一样的北斗七星。小时候，我便听说过，在地球的最北端，有一把勺子，那就是北斗七星。在北斗七星的上面，还有一颗孤独的星星，那就是北极星。长大后，人们说，每一个人都是天上的星星，人死后，属于他的星星便会降落。看着天上多得数也数不清的星星，我想：人死后，也许星星不会降落，而人会化作星星，永远照亮着地球，永远为夜晚照亮每一处黑暗。

我坐了很久，起身继续向远处走去，我要仔细欣赏已经久违的自然夜景，我想。我匍匐在我的大地母亲的身体上，感觉到了一股无比温暖的气息，难道这就是春天的气息？复苏的味道怎么这样的馨香舒适？我再一次被深深地震撼到了。

终于，我来到了那座大山的脚下。我郑重地对大山说："你好，我是从远方来的。"大山似乎没有动容，我只能感觉到清风从我身旁吹过，但我仍仿佛听见那座大山对我说："远方的人，请回来吧！归来吧！"难道我是远方的人？那远处的就是我的村庄啊，我怎么能是远方的人呢！我竟如此费解，为这一个无法自圆其说的自问自答。最后，我索性躺在土地上，零距离地去感受大地脉搏的跳动，我听见了，我听见了，我激动地跳了起来，我听到了一个声音："你是故乡的孩子，你是故乡的孩子。"我激动得不知所措。

看着天上的星星，身后高大的山，再向远处我来时的村庄看一看，我流下了眼泪。这是久违的眼泪，对久违的故乡。我起身走下了山，重新踏上我来时的那条小路，此时，我又一次感觉到了这里的亲切，我依旧在无边无际的黑暗中行走着，我就像孤独的夜行者，在黑暗中摸索着。我加快了步伐，朝我的小木屋走去。

这夜，应该是千年前古人吟唱的夜；这星，应该是横跨古人与今人的星。风，也是千年前的风。我，依旧在星空夜中行走着，为了一个遥远的无比庄重的星空梦。

作者简介

朱田嘉，宁夏大学新华学院汉语言文学专业2022级学生，有作品发表于《固原日报》《吴忠文学》等刊物。

入围奖

爷爷的葬礼（节选）

何佳兰

楼下灵堂摆了三天。其间有许多或见过或陌生的亲戚来送上花圈并烧香。

人群来来往往。在某个时间点，阳光将世界一劈为二，光柱下碎尘飞舞，紫色的蝴蝶绕过灵堂前黑白的照片轻飘飘地落在我的肩头，又悄然离去。

我猝然抬眼，爷爷就站在不远处凝望着我，在视线相对的一瞬间，树叶摇晃，他给了我一个微笑，便在斑斓轻柔的风里消失了。

出殡前一晚摆了席请了戏班子，我跟几个同龄的小孩玩儿了很久纸牌接龙的游戏。直到大人们将桌面收拾干净，我突然想上厕所，却被姐姐一把抓住。

“往哪去？不准乱跑，就在这待着！”姐姐厉声呵斥。

孝子贤孙站到灵前，身后密密麻麻坐着几排亲戚。人都到齐，阴阳便开始念了起来，声音抑扬顿挫，刺进我的耳膜。

我的腿开始发抖，尽管我听不懂他到底在念什么。

我用蚊子大的声音说：“我想上厕所。”没有人理我。我悄悄抬头看，爸爸、妈妈、姐姐全部低着头，神色木然。奶奶坐在摆着黑白相框的棺材旁，耷拉着嘴角，而那张遍布沟壑的脸在我的记忆里，似乎从没有笑过。

我有点害怕，不断抬头扫视。

不知过了多久，我终于哭了起来，到最后接近号啕。

身后的亲戚们似乎被我的哭声吓了一跳，纷纷交头接耳说：“看，还是兰娃儿舍不得她爷爷，晓得哭两声。”

“是，她爷爷没白疼她。”

在亲戚满意的目光里，我哭得停不下来，但是我心里清楚地明白不是这样。

九岁，对生死有概念吗？有人说有，但我很确定我没有。甚至，连悲伤的情绪都匮乏，寥寥无几。

阴阳的念词还没有听完，我号啕大哭着说想上厕所，奶奶从她的位置上走下来，面无表情地拽住我的手离开了灵堂，步伐极快，我只能跌跌撞撞地跟上。

跌跌撞撞，一如今后的每一天。

出殡那天，下着蒙蒙细雨，落在我灰色的外套上洇出一片深色的痕迹。

雨有些雾化了眼帘，视线所及皆是湿润的，模糊不清。

我举着小花圈走在前面，身后有拉棺材的大车，长长的队伍一路敲锣打鼓地从小区出发，直到提前挖好的墓地处。

一个长长方方的坑，便是逝者长眠之地。阴阳念着词，棺材被落进土坑里，端端正正，四四方方。

“孝子贤孙们，来看最后一眼。”

我站在土坑边上，踮起脚往里看，棺内的五谷是我最后的印象。

人死后不过一抔黄土，从此只能凭吊。

后来长坟长成圆坟，四面又堆砌起砖墙，十年过去了，那方茔地我后来去过许多次，每当这时思绪就如见风的草，眨眼间就生长，那张总是刻着干瘪笑痕的脸便浮现在我眼前。

作者简介

何佳兰，宁夏理工学院文学与艺术学院汉语言文学专业2022级学生。曾获全国中学生创新作文大赛初赛三等奖。

入围奖

又逢沙枣香（节选）

李进宇

春天，随父亲回了趟阔别已久的老家。

在村口站台下了车，抬眼看去，通往村里的马路依旧一眼望不到边。我和父亲稍歇息后，沿路向村里走去。离开村子已久，许多儿时生活的场景不甚清晰，新近落成的村委会建筑和加工厂轰鸣的机器声，让我觉得老家熟悉又陌生。走了一段路，沙枣花香渐浓郁，河边熟悉的大沙枣树枝干愈发粗壮，树枝无人修剪，肆意生长，把透过枝叶的阳光稀疏成斑驳的光影。我盯着沙枣树出神，停留在鼻尖的淡淡香气猛地牵动童年些许记忆。

上学前，我一直在这生活。田埂旁的雏菊、柳枝编的花环、猪棚里的蜂窝、菜苗上的蚂蚱、鸽子窝里新产的卵、起名叫“丑丑”的土狗，暖炕上慵懒地摸着花猫，院子里和伙伴捏着泥巴，秋收坐着骡车拉玉米，在院子里捶葵花，翻上玉米垒的“城堡”，追着土狗沿着河堤奔跑……田野庄稼、蓝天白云、花鸟鱼虫，乡野的零碎记忆，承载我孩童时的无拘无束、自由欢笑。

……

原以为时间很长，当父母骑着摩托准备接我上学，乡下的生活竟已过了三四年。吃过了奶奶拿手的大烩菜，父母的包里鼓鼓囊囊填满新摘的瓜果蔬菜和奶奶特意烙好的圆月饼，再也塞不下其他东西时，我才懂，应该到了离别的时刻。烈日当头，从奶奶家到村口的路很远，奶奶却执意要送我们到路口。奶奶腿脚不便，平时多是坐骡车出行，父母一路推着摩托，和奶奶沿着泥泞崎岖的羊肠小路缓缓地走。终于走到了马路旁的沙枣树旁，奶奶实在走不动了，挥挥手和我们告别。儿时不懂离别的滋味，只记得坐上摩托哭了好久好久。

后来，一年也仅有国庆和春节假期回老家，能短暂重温奶奶烧的烩菜、包的饺子、烙的月饼，爷爷烧的热炕、驾的骡车、做的木凳。清晨醒来用指甲刮着玻璃上尚未褪去的霜花，看爷爷叼着烟斗悠闲地做木工活，抑或是拿来筛子做个陷阱捉麻雀，日落前数着屋檐上的鸽子，喂温顺的小绵羊，满村找被放跑的猪崽……关乎儿时的记忆，熟悉却又陌生。难再回到那暖炕上，一家人聊着没完没了的话题，听窗外的鸡鸣狗吠，做一个漫长且温暖的梦。

父亲办完了事，我们等车回家，又回到了沙枣树旁。我朝村口下车的方向望去，这里能看见最远处的村口。折了些沙枣枝，我小心翼翼包好打算带回去插到花瓶中，这枝丫间嫩黄的沙枣花香气清清淡淡的，却是久久不散。某个深夜，伴着绵长的缕缕花香入睡，梦里，我将永远是那长不大的孩子。

作者简介

李进宇，宁夏医科大学第一临床医学院2022级学生，曾两次获“宁夏大学生原创文学大赛”奖项，有作品在《黄河文学》发表。

入围奖

站　票（节选）

储　乐

我们被挤到车厢的尽头，开水间旁一块放不下书包的地方。此刻，我们俩局促地在这里安身。车上叽叽喳喳的，每个人都有说不完的话，我们也不例外。

唯独一位大叔让我印象深刻，他一言不发，就那么忧愁地看着。他看着来往的行人，眼睛一眨也不眨，就那么盯着，好像这些人都顺着他的目光在行走。他紧皱的眉毛像条毛毛虫，在额上乱爬，眼镜灰蒙蒙的，像窗外的阴天，看不见远处的山。他脸上的褶子能夹死一只苍蝇，嘴唇干裂，下瘪。这嘈杂的世界好像与他无关，但他又困于其中。

来来往往的行人不断地碰到他的胳膊，这让他更加不耐烦了。他的头一会朝左一会朝右，好像在说：这熬人的日子什么时候到头！说实话，这是个问题，我也不清楚。在他座位旁站着的是一个年轻小伙，看起来比我大几岁，他的行李不多，他靠在大叔的座位旁，摇摇晃晃的火车迫使这小伙子的臂回弹在他的胳膊上，我清晰地看见他眼珠朝上翻了一下，像是被什么晦气的东西碰到了一般，但他依旧没有说一句话，而是把头转向了靠窗一边。

这车厢上像是在过着四季，有人穿着短袖，有人穿着棉袄，有人穿着夹克，有人穿着薄衫。也许是站得太久，我竟然忘了我的书包快碰到后座的人，这迫使我往中间靠了靠。这位皮夹克大叔，也许是看我站得太久，他对我说：

"你来坐会吧，姑娘。"我说："不用了，叔，我很快就到了。"余下的尴尬气氛，让我们只能微笑相对。他对我说话时，露出他老玉米似的黄牙，这让我觉得随时都会掉下来，牙缝里是岁月侵蚀的痕迹，留下一道一道的黑线。他对我微笑时眼角的皱纹比飞机划过天空的航线还要清晰一百倍，泛着油光的脸上有他粉红的皲裂的脸蛋，这让我以为他在寒风里艰苦地劳作。也许事实正是如此，可我还是忘不了他那双手和他的皮夹克。他干裂的旱地一般的手捏住他的鼻子，这鼻涕声，让我清晰地觉得鼻涕在鼻腔里顺滑地流动，我看见他指缝里的黑泥，这让我觉得他刨了好几亩土豆。指甲旁是一道道早已出了血的肉刺，血痂干在手上，黑红黑红的，和他的肤色融为一体。他用皴裂的手翻着他的衣领，这件皮夹克看着有些年头了，衣领黑亮黑亮的，这不是新洗之后的锃亮，而是衣领与脖子摩擦的痕迹的证明。接下来，他拍打着自己的肩头、手臂，到自己脱了皮的袖口。不知道他在想什么，他的脸上没有了让我坐下时的柔和，而是拍了左手再拍右手的袖口，然后站起来走向穿棉袄的大婶。

作者简介

储乐，宁夏大学新华学院汉语言文学专业2020级学生。喜欢看书，写小说。

入围奖

传　家（节选）

王柏儒

当祖父化作南岭一个小小的坟头时，我也成了可以陪父亲上坟的男丁了。

祖父因肺癌逝于我中考的前一周，享年六十四岁。那个时候我还在披星戴月地准备人生中第一场富有转折意义的考试，印象中很清楚的是，在得知祖父死讯的前一晚，我提前一小时写完了作业，终于得以在十一点前钻进被窝，却不想凌晨两点被母亲晃醒，她颤声说：“恁爷爷走了。”一时间是挺恍惚的，迷迷糊糊地坐上回老家的车，被母亲紧攥着手走在回老家的路上。

这是一条我最熟悉的上坡路，我曾在祖辈炽烈的目光中从这里进城读书，也终于再回来送别我的祖辈。

当得知至亲的死讯，应该作何反应？我想千人千面孔，没有固定答案。

但村里是有固定答案的，就是哭号，谁哭得越大声，就越孝顺。

说来也惭愧，我走在路上，竟是想怎样哭得大声些。若是叫村子里那些夸我孝顺的人们知晓，不知会作何感想。

灵堂架起来，衣服穿好，僵直地躺在炕上，一个人的一生就此变成了户口本上的注销章。

后来听熟识的长辈说起，祖父死前瞪大了眼睛四下张望，口中念念有词，喊的都是我的名字，问我怎么还不回来。每每听到这里，我总是鼻头一酸，心里面萦绕着一股淡淡的忧伤。

祖父这一辈子，过得蛮憋屈的，七岁上就没了娘，全靠姐姐（我的老姑）一手照养大。曾祖父酷爱赌钱，也曾经横行乡里，烟酒都沾，还打老婆，终于逼得曾祖母过不下去，跑到垄上啃树皮过活，不幸被抓回去，没几年就得了疯病死了。

那时候家里很穷，加上曾祖父赌钱，名声太臭，实在不能给祖父娶上媳妇，不得已和另一个乡的人户结了换亲。我老姑嫁给那家儿子做老婆，那家的女儿嫁给我祖父，由此，我祖母嫁过来，为我家操劳了几十年。

包办婚姻，自然谈不上什么感情基础，不过就是搭伙过日子罢了。曾祖父脾气不好，依然打骂儿媳，祖父脾气又软，不敢顶撞，祖母夜夜以泪洗面。几次三番想逃走，终于还是为了刚出生不久的父亲留了下来。

那个年代，女孩家在家为兄弟操劳，出阁为婆家操劳，等孙辈长起来了，也差不多半截入土了。

作者简介

王柏儒，宁夏大学新闻传播学院新闻学专业（卓越新闻人才计划）2022级学生。

入围奖

当黑夜降临（节选）

虎亚婷

最初，当我躺在床上的时候，黑暗像水一样光滑，缓慢地涌进四肢，让我感受到一阵凉爽的战栗。我开始想象自己置身于广阔的海洋中，脚底的海水被月光照耀得发黑，我的双腿开始在海水中溶解，紧接着我失去了自己的一切，只有意识飘散在水的空中。

失去的一切感官使得我无法呼喊，无法奔跑。海水冲刷过我的意识，并赋予它海洋的深邃宁静，于是缥缈的意识化作自由的灵魂。随着洋流深入，我看到了一条巨大的蛇在海底盘桓，当它在海沟峭壁中穿梭时，臃肿的身躯会触落无数碎石，那是传说中的耶梦加得，那条尘世巨蟒。那些扬着雪白船帆的船只在因它的啸叫而起的海浪中倾翻。我开始想象小美人鱼的那位王子正在这些船只中，那些油灯掉进水中，带来转瞬即逝的光亮，像是濒死的鱼身上惨白的鳞片，这些鳞片洋洋洒洒地，沉入更深的黑暗。也许小美人鱼就在这些鳞片中穿梭，在风浪中寻找那位英俊的王子，很快她就会找到他，沿着一条入海的河流将他送到修道院的门口，而她还不知道，她可怜的王子将会忘记她，爱上睁眼时看见的美丽公主。

一种名为惶然的恐惧使我开始向上。透过海面，我看到了无边无际的黑暗，像是压在头顶的乌云，但那不是月光照耀下的尘世，那是不见边际、庞大的海浪，雷电在厚重的云层后闪烁。

太阳从海里升起来了，天与地交接的地方泛着空茫的蓝色。水流沉默地流经摩尔曼斯克，在大洋中脊转个弯，到达就连最杰出的地理学家也只知道名字的一些驻守在世界边缘的岛屿，最后被裹挟着亚特兰蒂斯的那片汪洋温柔接纳。这座失落之城而今潜在一片深蓝之中，连同那些伟大的建筑、粗糙的瓦罐一道，成为游吟诗人羊皮卷中诗歌的养料。

黑夜带走我的灵魂，却使其染上光明的色彩。

向着光亮那方，我开始怀念那些清晨和夜晚的鸟鸣，那些靠着篱笆的花根下腐烂的败叶，那些戴着冬天的积雪帽子的山。我花了很长时间想象自己置身于垂死的春天中。但我知道，黎明女神推开了她的窗户，她窗前玫瑰色的花影映照在东方的天空中，黎明正在我的窗前叩响，我该醒来了。

作者简介

虎亚婷，宁夏大学经济管理学院会计学专业2021级学生。

入围奖

二 十

——一场平淡而又温暖的梦（节选）

谢青青

如果用一句话概括我的人生前二十年，我想那应该是一场断断续续的平淡而又温暖的梦……

我对过去的记忆一直都是模糊的，但有很多场景让我记忆深刻，至今回忆起来依然能记起琐碎的细节，那是我经历过的很多个“第一次”，是这些“第一次”让我逐渐变得独立、强大。

第一次真正接触“死亡”这个词是在小学五年级，那时的我和爷爷奶奶一起生活在农村，父母则在离家一百多公里的城市打拼。

我清楚地记得，那一天，夕阳很美，堤坝下的大沽河水面波光粼粼，闪着如钻石一般耀眼的白光。我同往常一样骑着破旧的自行车，在农村的土路上咯吱咯吱地回家。进门之后，我发现许久未见的爸爸妈妈回来了，我好开心，想和妈妈说说话，但不知道为什么大人们的脸上都是严肃沉重的表情，整个家都安静得不像话。我走进房间，看到奶奶在给爷爷换衣服，衣服的颜色很鲜艳，样式好像是古代的。我很好奇，为什么要给爷爷穿这样的衣服，妈妈说了一句，“你爷爷没了。”我一时没反应过来，愣在床边，看着奶奶给爷爷穿衣服，爷爷双眼紧闭，一动不动。我好像懂了，又好像不明白，稀里糊涂地仓促结束了和爷爷的最后一面。在爷爷的葬礼上，我没掉一滴眼泪，不是我对爷爷没有感情，相反，我从小就一直和爷爷生活在一起，我是极喜欢爷爷的，但是“死亡”这个词对我来说太陌生了，那个时候我还不知道死亡就是永别，我还不懂死亡意味着什么。

第一次对自己产生深深的无力感是在大一的寒假。

放假回家的一个晚上，妈妈难掩开心地告诉我她买了一件新衣服，然后拿出衣服自顾自地在镜子面前试。这其实并不算一件好看的衣服，版型也不够好，她穿上后，腰间的赘肉很明显。她问我：“好看吗？”没等我回答，她一边絮絮叨叨，一边把衣服放进柜子：“我太胖了，不过这件衣服质量确实不错，而且，才一百五，明年穿正好。”

我看着她开心的神情，一种无力的感觉从心底冒了出来，这种感觉已经积压了许久。我问自己：为什么呢？为什么我长大了还是这么没用？为什么我连让她开心一下的能力都没有呢？为什么变得有钱这么困难？

不用太多，就只是在开学的时候，她在两百一晚的酒店前犹豫时，我可以直接定下这间房，让她可以好好休息，而不是挤在五十一晚的小旅馆里凑合一晚；在她需要休息的时候，可以给她请假不去上班的自由，而不是为了一百多的工资强忍着重感冒去工厂里踩上九个小时的缝纫机；在商场里买衣服时，不再只为我和弟弟看，偶尔也可以为自己买一件很贵的外套……

我脚下的影子从来不肯试着像谁。“若你不想在身体消灭之际就被世界遗忘抛弃，那就写点值得一读的东西，或者做点值得一写的事情。”

风后面是风，天空上面是天空，道路前面还是道路。

作者简介

谢青青，宁夏大学新闻传播学院新闻学（网络与新媒体）专业2020级学生。

入围奖

二十四（节选）

马向新

春节时哥哥带着女友见了父母，谈论了今年结婚的一些事情，我本以为春节的串门意味着异地恋的结束，他们将要开始新的生活。殊不知是异地恋的结束，也是恋爱的结束。当然原因和许多青年相差无异：这个毕业三年的年轻人没有百万资产，并不殷实的家庭让他无法负担现代结婚必备的要素。在我看来，这种理由只是没有爱情的两个人彼此的推脱。

在我意料之中，父亲不久就把电话打给我，听着父亲的声音。我此刻心里还在想父亲打电话的这会有没有从高架上下来。对于恐高的我来说，父亲每天在几十米的高处工作，是实打实的勇士，可我却没有勇气问父亲会不会恐高。父亲做了二十多年的架子工，今年五十多岁了，也即将面临着从高危工作下岗的风险，没有一个工地愿意花钱去雇佣一个工作效率低下还要承担更多风险的工人。

想不到我的思绪被父亲的一声怒骂拉了回来："毕业这么久了，你哥攒的钱呢？"面对一系列的质问，我只能耐心地听着，因为父亲并没有当着我哥的面说这些话，我明白父亲只是需要发泄一下情绪。这可能就是命，注定我哥感情道路会坎坷，注定父亲会为我哥的婚姻忧虑。我不禁同情他们的命，可我除了同情别无他法。

父亲发脾气时我的内心有些窃喜，这些话说出来总比憋着强。这命是没有办法的，是环境给予的，是先天的。面对这场与我无关的暴风雨我是沉默不语的。吃着父亲的“肉”，咂着父亲的“血”，一步一步成长起来的我，此刻受点委屈又如何。

电话的结尾是父亲把哥哥感情的不顺、母亲的生病，以及大大小小不如意的事情的矛头都指向了风水，我想阻止却不知如何开口。风水成了父亲的寄托，成了父亲此刻的拐杖。

挂了电话后，回过神看着镜子里自己的着装，愣了愣神。衣服最初只是起到遮羞避寒的作用，最后却演变出不同类型，拉开了人与人的距离，成了身份的象征，或许是物质世界的体现，不过这更像是一场阴谋。现在令人眼花缭乱的衣服不也是被人赋予了不同的价值吗？美与丑是被谁贴上了标签？爱情还需要怦然心动吗？衡量一个人成功的标准是什么？

作者简介

马向新，宁夏大学法学院法学专业2019级学生。喜欢写散文、小说。

入围奖

回溯家庭的纪实“映画”（节选）

霍海露

暖阳下，老街口，男孩与女孩相视一笑，两人的眸子里，有阳光，有笑意，亦有徐徐萌芽的爱意。爱情的火花，在擦肩那一瞬擦出，随即升温，燃成火苗、火把……

有时正在吃饭，我便三五口草率地吞下食物，踩双人字拖就跑出门了。捉迷藏是最为有趣的，总能瞅见佳仪玩输了便要赖，哭鼻子；“三个字”和“冰棍化水”总让我们跑得很狂，两条小短腿不停地轮班，人字拖都跑没了也不理会。跑罢，便扶着腰，像爷爷养的小狗一般，张大口喘着粗气。

他们不来寻我玩时，我便“炼仙丹”：偷偷剪下一方绿窗纱，抓把黄土来筛，此时，窗纱下面便会现出一帘瀑布，窄窄的，好似微型的壶口瀑布那般。筛出细细的土粒，“仙丹”的原料便有了。又溜进家，接点水，和匀了细土，在掌上揉圆，再置于太阳下晒干晒硬，仙丹就“出炉”了。

傍晚，爷爷从井里捞上大白桶，抱出两个瓜，圆滚滚的瓜。切下半个放我跟前，再喊奶奶给我捎个圆勺，开吃！瓜甜而沙，又浸了井水的凉，爽口极了！穿堂风扑扑地吹，我坐在风口，大口大口地吃瓜，好不畅快！就连西瓜的汁水淌湿了白背心，也顾不得腾出手来擦。

那段时间，我年纪尚小，只记得被寄养到大姑家许久，只记得夜夜因思念母亲而泣，只记得被送回家之初，竟觉得母亲有些许陌生。直到数年后，我无意间翻看母亲日记时，家里人小心翼翼掩盖的往事，才被我获悉。日记很厚，纸张微微泛黄，每行字，都是母亲在思念，在哭泣，在自我审判，然愈想赎罪，愈不可得。年幼的我，过早知晓人事，心如刀绞。而母亲又是在怎样煎熬的内心囚笼里挺过了一年又一年的！

经济的一落千丈，令我开始小心翼翼，“省钱”几乎成了我除学习之外的最大课题，我变得很懂事：只在两毛五的馒头和五毛的烧饼里选择，从不敢奢望两块五的肉饼和五块的肉夹馍。所以在后来有了更多的选择资本后，我再也不想吃馒头了，因为它总能让那时的苦涩，瞬间灌满我整颗心脏。

那时，家庭之剧变赋予我的孤僻与自卑，将我牢牢地钉在耻辱柱上，故鲜与人交流。倘若迫不得已需同人说话，我便会低着局促的眉眼，抿着苍白的唇，小心翼翼。每逢晚自习前，人们牵着、挽着，三三两两地涌出教室，去向食堂。而我，又怯懦了：孤独若是被人瞧出，大抵会加倍。

走了十多分钟去买了酒，腿有些酸，心有些小澎湃，至览山公园，我刚放下酒，补了妆，回头便瞧见了他。拼命想要掩盖羞涩与紧张，却弄巧成拙，显得有些语无伦次。在心中彩排了无数次，我鼓起勇气，去勾了他的手指……

作者简介

霍海露，宁夏大学新闻传播学院广告学专业2022级学生。热爱散文写作，小说、剧本的创作。

入围奖

明知须臾景，不许稍绸缪（节选）

谢梓航

后来，我们又搬了几次家，先是搬得离铁道越来越远，最终又搬了回来，还住在银新线旁边，只是换了个小区。银新线还是那个银新线，铁道两边的荒地和村庄早已被新的高楼与社区占据，曾经的银川糖厂也早已成了废楼，铁路两边到处都是杂草以及刚被拆的楼房厂房。不过铁路的养护工作看着做得很不错，像是乱花丛中的常青树。

我又一次像小时候那样走上枕木，只是旁边少了一个弯着腰拉着我前行的奶奶。奶奶回老家那年，我上三年级。由于我要上学，父母要上班，我们都没有时间陪伴年迈的奶奶，奶奶就回了老家，跟大伯一起住。奶奶对父亲说，白天你们都不在家，我实在待不住，再说孙子也可以自己照顾自己了，该见识的我都见识了，我的任务完成了，以后该你们完自己的任务了。你们送我回去吧，我还是觉得老家好。

沿银新线走到尽头，就到了包兰铁路边上，小时候我和奶奶看火车的那个小土坡还在。站在土坡上，包兰铁路一览无余。我刚走上土坡，远处就驶来了一列客车，看上去有些年代的机车略显陈旧，仿佛也在诉说着这些年它在祖国大地上驰骋的经历。原先的红皮车已经被刷成了墨绿色，像是辞旧迎新，又像是陪我一同回忆童年的绿皮车时代。客车走了不一会儿，两台不同年代的机车拖着长长一溜车厢相向而行，驶向各自的远方。与其说它们是在会车，不如说是我两段成长经历的交会：老机车代表我童年初见火车时的好奇与天真，新机车代表我长大后再见火车时的感慨与成熟，二者的交织，则是那自始至终从未变过的热爱。

来到银川火车站铁路立交桥，一个老奶奶正带着孙子看火车，可爱的小家伙看到火车来了高兴地喊着火车再见……

看到这一幕，我不禁笑了。小时候，奶奶带我看火车的时候，我不就是这副模样吗？此时此刻，不就是彼时彼刻吗？隔离带隔住了我和火车的距离，却隔不住我对火车那从未变过的热爱，隔不断童年那美好的回忆。看着一列列南来北往的火车，听着机车的轰鸣和车轮撞击钢轨的咣当声，我的脑海里又一次浮现出儿时的记忆……

作者简介

谢梓航，宁夏大学信息与计算科学专业2022级学生。

入围奖

一个人的旅行（节选）

玉　玺

人们心中的成见就像一道无法逾越的鸿沟，约束着评判世界的标准，在他们的眼中所看到的可能就是与我们所看到的截然不同的景象吧。而他们令人意想不到的行为举止可能都是在向他人正确地表达自己，本来直抵终点站的想法忽然脱出车轨飞出了既定的方向，徘徊在各种想法所象征着的一片片叠云之中，它们看似是所有行为的集合体，但实际上一阵微风便可将它吹散成不同的形状。而想法往往会裹挟着自己的行为成为了向这个世界表达了自己不可视的内部，让这个如同被赋予了演员动作的二十世纪初的默片一样的世界变得清晰了起来。

这种无论是从人还是动物内心所表达出来的斥力，如同一道无形的隔膜，将彼此的心灵遥远地分离开来。但这并不是时间与空间这种无法逾越的距离，因为每个人不同的经历、情感、思想构筑了如星尘般璀璨的内心世界。以宽容温暖和善意去打破沉默，用深情和关怀去搭建情感的桥梁，通过倾听和理解的艺术建立起互相信任和共鸣的纽带。思想的碰撞与心灵的相通终将让我们超越分隔，共同创造出美丽而和谐的交响乐。

当时正是雪下完后不久的几天，马路上的积雪还没完全融化，覆盖着积雪的路面在一辆辆车的轧碾下已经被分割出了两条延伸至目力所不能及处远方的弦，拨动这根弦的是来来往往的车辆和为生活而奔忙的行人，他们共同奏响了这首由弦两边的脚印作为音符而奔向明天的交响乐。这时候的我终于察觉到，这是独属于他才能听到的音乐。这么想来，无论多远的路途都会被旋律拉近，变得无比短暂，永远都不够长。我站在门口看着他的背影被路途无限拉长，深厚而又高大。

他曾走过无数的路口，见证了人间的种种繁华与平凡。他的步履跨越了城市的喧嚣与乡野的宁静，留下了风的痕迹，也见证了岁月的流转。如今，身上的包裹已经变得沉重，但心中的轻盈却愈发明晰。在这流浪的岁月中，不断地发现自己内心的力量，也学会了见识、包容和独立。他不再是孤独的流浪者，而是拥有一颗敞开的心，接纳世界的旅人。同时他又收集了路途上的风景，如同珍珠一般串成一条璀璨的项链，照亮了他前行的道路。没有人知道他会去往何方，哪里都可以是他的目的地，把每一个位置都当作终点，就会享受到抵达终点的喜悦。这样的话遥远将不再遥远，短暂又将不再短暂。

作者简介

王玺，宁夏大学前沿交叉学院网络工程专业（物联网技术）2020级学生。有作品见于《银川日报》等报刊。

入围奖

灵　魂（节选）

林睿瑶

雨后很偶然走进了一间小店。

小小的木制招牌写着店名，夹在硕大的霓虹灯板中间，仿佛是另一个世界。

石墙上挂着民族风情的耳环，下面的木桌上是各种手链手镯，再往里走，是各种装饰品，最吸引人的，是尽头摆放整齐的，画着各种图案的石头。

三毛有篇《石头记》。按她的说法，“石头自己会告诉你该画什么，只要你静下心来跟它讲话，不用照画册的”。

“看，这个好可爱，是波妞！”同行的学姐戳戳我。

“对，悬崖上的金鱼姬。”一个声音突然响起。

是店主。他向我们介绍林鸟自己创作的过程，我的目光被挂在上方的一个相框吸引了：“那个是树叶吗？”

“对，树叶。也是自己画的。”

“好厉害呀，这个很难画吧！”

“对，花了很多时间。”大男孩有点羞涩，停了一会，然后颇为骄傲地告诉我们：“这个地板也是我画的。”

我低头才发现，脚下踩着的竟然是一幅画。以地面为背景，铺满了色彩，诉说着这个看似寡言的大男孩丰富的内心世界。

“天啊，这也太厉害了吧！”这次是真的发自内心的感叹。

短短的几分钟，这个腼腆的大男孩已经拉开了话匣子，絮絮叨叨地分享着自己去不同的地方采风、选材的故事：“这边大多数的首饰也都是我自己手工做的哦，像这个是我自己编的，这些木镯子是我自己打磨的。”

本就吸引人的饰品，此刻又多了一层光芒。区别于流水线出生的千篇一律的同胞，它们有自己的一段故事，有自己的灵魂。

我终于忍不住问出了压在心里的问题：“做这行，现在不太好做吧？家里人会支持吗？”

“家里……家里肯定希望有个稳定的工作。”他笑了，“但是怎么说呢，自己喜欢，就来做了。喜欢了，做着就很高兴。”

我又仔细看了看那些首饰，和店主闲聊了几句，便说：“走啦。”

“嗯，欢迎下次再来。”

小小的店铺，还是在那个位置，和半个小时前进去时并无异样。但我明白了，为什么它在周围的店铺中间是如此独特——它有自己的灵魂。多鲜活，多有能量的灵魂，才有这种追求自由的勇气。

我们的灵魂，是不是在信息爆炸的时代睡着了。许许多多的孩子听着同样的话，做着同样的事，奔着同样的目标，成为同样的大人。但那不是真正的你。

一个自由的灵魂，或许要穿越荆棘沼泽，或许要独自面对黑暗，或许要长途跋涉。但有梦的灵魂，一定不会孤独；自由的灵魂，终将沐浴在阳光里。

作者简介

林睿瑶，宁夏大学外国语学院英语（翻译）专业2020级学生。从小热爱阅读并长年保持写作习惯，擅长从生活中发现细微的美好。

入围奖

老　屋（节选）

张苛苛

“你再说我就打死你，让你一天给我嘴犟。”说话间爷爷顺手抄起了身边的一根木棍，大声呵斥着。

“您老人家今天把我打死算了。反正嫁到张家来做牛做马也没人看见，还不如死了。可怜了我的几个娃娃……”母亲难以压抑心头的委屈，放声地哭了起来。

沉默了许久的父亲深深地叹了口气，沉重地说道：“爸，既然都这样了，咱们就分家吧。”

大伯的脸上闪过一丝窃喜，双颊因过度的开心变得通红。扭头和伯母两人交谈着家中唯一的黄牛怎样顺理成章地成为他们夫妻二人的私产。

爷爷迟疑片刻，在奶奶眼光的威逼下决然地点了点头。于是我们从老屋中搬离出来，在院门外的房子里艰难度日。

一声巨响划破了长空，大雨紧随而至，不一会就下满了院中的小洼地。母亲急忙抱起一岁的妹妹跑到了爷爷的屋子里。

“爸，下雨了。我和孩子爸两个把场里的谷垛摞到一起，要不然就发潮了。让我妈帮忙把娃先看会昂。”说完母亲就一头就扎进了雨里，去帮父亲做着最大程度的补救。当母亲从大门进来的时候全身都已经湿透了，但头顶上的热气却狠命地向上钻着。眼前的一幕让爸妈都惊呆了，错愕间竟只顾呆呆地看着。妹妹在房檐下一个人玩水，小手冻得通红，看见爸妈咧开嘴不住地笑着。奶奶抱着家里的长孙坐在屋子里和爷爷攀谈着，不时发出一阵尖锐的笑声。母亲的眼似乎红了，但究竟有没有落泪也无人在意，只有雨不合时宜地低声抽泣着。自此，母亲不再踏进那个屋子半步。

后来，爷爷带着大伯一家离开了村子，搬到了五十公里外的县上。留下的老屋不舍得卖给他人，就只好送给了自己的小儿子，我们一家便从院门外搬到了门内。我的父母都是地地道道的农民，过了数十年面朝黄土背朝天的日子，只知道在地里刨食，总想着上天垂怜，自家能有一个好光景。可慢慢地，母亲厌倦了这样的日子，一心只想着逃离。黄土在狂风中肆意地飞舞，田间地头，农人都在弯腰除草。母亲看了看西北贫瘠的群山，一望无际，庄严无情。她以为把苦下到土地里，土地就能看见，收成就能好。可土地就像一张巨大的口子，只知道往里吞咽汗水、泪水，不见任何回馈。后来母亲便明白了，地看不见，就像自己的公婆也看不见。于是，在全村人的注视之下，我们一家人在一个并不晴朗的早上举家搬迁。

风停了，往事早已在黄土的掩埋下不见了踪影。如今的老屋，时过境迁，物是人非。时间带走了曾经的不悦，但无法抹去心底的伤痕。我常设想，假如当初爷爷奶奶做事不那么偏颇，假如爷爷奶奶在那个雨天抱起了妹妹，假如……可现在，假如只能是假如。我们一家与大伯一家形同陌路，互不往来。我们三代人之间的纷纷扰扰，只好用那句老话来概括："家家有本难念的经。"或许有一天，当老屋于雨夜坍塌，新生命出现，我们便都会学着放下。

作者简介

张苛苛，宁夏大学文学院2022级硕士研究生，获2022年宁夏大学生原创文学大赛入围奖。

入围奖

田埂上的守望者（节选）

郭　晶

谨以此文纪念我们在马庄小学的支教生活：我们短暂相遇，尾声潮落。

——题记

在按部就班的日子里，我们上课、开会、做饭。听闻小夏老师要给孩子们普及关于法律方面的知识，我赶忙搬着小板凳坐在教室后面，想趁机恶补一下我那少得可怜的法律知识。小夏老师讲得激情四射，孩子们也听得很认真。

临近下课的时候，一个小男孩背着书包闪进来。他顺势拉开我旁边座位的板凳，把书包随手丢在桌子底下，眼睛盯着黑板，双腿不停地抖动，摇得桌子“哐哐”响，仿佛整个教室都在颤抖。我敲了一下他面前的桌子，然后轻声道：“把笔和本子拿出来，认真听讲。”他头转过来，两只不大的眼睛在镜片后边闪着亮光，诙谐一笑，仿佛在嘲笑我的无知般，不屑地从书包里掏出来一个封面很整洁的本子，翻开，笔尖停在上面，已然晕出了圈，却迟迟不见字的成形。好一会儿，他“唰唰”地写下了自己的名字：毛成。

后来，班里的女孩子总是向我反映毛成下课欺负她们，偶尔会揪她们的头发。我听了之后，在自习课上会格外地关注毛成的一举一动。当然，他在自习课上也总是不学习，转眼到了家访的日子，我家访的孩子，恰好是毛成。

傍晚，天边的夕阳洒落，点燃了天边的云朵，洒了一地的橘橙。我们顺着名单，挨家挨户地家访。到了毛成的家里，首先映入眼帘的是一间低矮破旧的南房，墙皮早已脱落，墙上凹凸不平，从棕褐色的门里走出来一位约五十来岁的妇女，称是毛成的奶奶。我们走进屋里，看见毛成温顺地站在爷爷身边，像一只小羊羔，和教室里桀骜不驯的他判若两人，我微微诧异。与他爷爷的交谈中了解到，毛成的父亲外出打工了，他还有个哥哥，母亲在市里一边打工一边供他哥哥念书，他与爷爷奶奶相互依靠。爷爷说毛成回家会帮他们干农活。“人老了，干不动了。”爷爷两眼凝视着远方，缓缓说道。老人如深渊的眼睛幽深而又平静，记录着老人的过去和沧桑。

昏暗的小屋里有几张奖状微微闪光，我凑近一看，竟都是毛成获得的荣誉——有“三好学生”的，有“取得优异成绩”的。我笑了笑，顺势拍了下来，并在爷爷面前把他好好夸了一顿，说他很聪明，也很好动。无非是一些冠冕堂皇的话，可说着说着，毛成的头却悄悄地低了下去，低声抽泣着。

后来在我的课上，毛成表现得很积极，他反应很快，眼珠子左右转动一下，答案便出来了。我向他投去鼓励的眼神，并说道：“毛成今天的表现真不错，我们给他点掌声好不好呀？”说罢，台下的掌声经久而热烈，就像一场盛大的祝福。看吧，孩子们总是有这样纯粹的热情，他们不经意间流露出的爱与善良，治愈了我们的心灵。

作者简介

郭晶，宁夏大学文学院汉语言文学（师范）专业2022级学生。喜欢阅读、写作、演讲。

入围奖

醒来的湖泊（节选）

李　霞

一个崭新的黎明总让人感觉心动。太阳全露之时，我们刚刚抵达离银川市半百余公里的沙湖。当我睁开朦胧的双眼，沙湖也在沉静一夜后悄然醒来。

东经一百零六度，北纬三十八度，是沙湖的主坐标。这一经纬上的秋天，晨风清凛，湖水明澈，候鸟翔鸣，苇荡迷津，荷花轻摆。

这就是依沙傍水的沙湖，美得就像巨幅油画一般。据说，沙湖是黄河的杰作，沙湖水的形成和黄河是分不开的，滚滚东去的黄河水在银川以北的几次决堤，河水涌注到这里，便形成了今天的沙湖。水会蒸发完吗？湖会变干吗？似乎每个站在此地的人，都会问这两个最简单又最复杂的问题。

沙湖为封闭水体，蒸发量大，通过采用与原有湿地连接的办法，将死水变成了活水。后来，又对湖水进行三级氧化，对老沉沙池清淤扩容，沙湖于是就变成了宁夏境内面积最大的自然湖泊，依靠良好的生态底气，减轻着风沙危害，涵养着地下水源。

在航拍图上，沙湖像一片绿色的大地血液，在看似巨大实则狭小的动脉血管中缓慢流动。再定睛细看，流动的却是一个有规则的碟形，轮廓线分明又整齐。沙湖所承载的那些气象万千的美好，伴随欢唱的群鸟、团簇的芦苇、万亩的荷花而变得更加完整。

我是被一群又一群鸟儿吸引驻足的。如果不是那些鸟儿，沙湖或许只是平平常常的一塘水。在干旱少雨的北方，有这么一块湿地，就能吸引大批鸟儿。空中有鸟飞，湖里鸭子游，树上鸣禽唱。

坐船往湖的腹地走，茂密的芦苇荡，宛如一片苍茫的云海，汹涌澎湃，滚滚而来。秋后的芦苇，由青绿色逐渐转变为淡黄色。芦头长出马尾状的很粗的芦花，芦花由淡红变成褐色。在阳光的直射下，无垠的金黄越发惹人喜爱。

在秋阳凉风中摇曳浅唱时，芦花盛开，折一束来，迎风甩开，无数苇花脱离了束缚，飞向半空。只要有水有土，芦苇便能经春夏穿秋冬，一路飘逸吟唱。直到冬季来临，才会收起清姿，含谦低首，将生命寄托于根部。其实，人也应该和芦苇一样，无惧无畏，不屈不挠。

从船上下来，迎面而来的是万亩荷花塘。大大小小的圆盘浮在湖面上，一个个紧挨着，微风起时摇曳生姿。任什么花，开成一大片就是美的。虽是八月，满塘的荷韵仍赏心悦目。荷花属于多年生水生植物，能够净化水体。因此，荷也就成了沙湖的灵气。

自然界中有许多湖，犹如这世间有许多人。去沙湖之前，我只想收获湿地的感觉。没想到，却有更多的意外和惊喜在那等着我。

与湖相伴，万事万物最后都静了。坐上大巴返程的时候，天色已黑。月亮出来后，湖泊就载着月光静静地睡去了，清晨依旧会在人声与鸟鸣声中醒来。

作者简介

李霞，宁夏大学文学院汉语言文学（教师教育）专业2019级学生。有作品见于《银川日报》《同心》等刊物，获2022年宁夏大学生原创文学大赛二等奖。

小说

一等奖

问题不大

陈涛丽

维森特在办公室里告诉何宇，绩效差不是对他能力的否定，而是组里其他人不是老员工就是研究生，只有他双非本，还刚入职，末了还安慰何宇不要气馁，下个季度继续努力。何宇坐在维森特对面疲倦地听着，因为连续一个月加班，他脸色乌青，身体浮肿，泛黑的嘴唇上沾着几粒细碎的面包屑。他感觉维森特的声音断断续续的，越来越弱，直到维森特说："你先回去工作吧，问题不大。"何宇才意识模糊地离开了会议室。

在潇潇发来微信之前，何宇已经坐在电脑前了，他长舒一口气，焦虑地抠着键盘上的字母块，看着右下角闪烁的微信图标，一下、两下、三下，直到被办公软件的消息提醒覆盖。他松了一口气，像是给自己这一刻不看潇潇的消息找了个恰当的理由。他现在还没有准备好告诉潇潇这件事情。但马上，他想到绩效才发布，这时候办公软件有消息很可能是人事约谈，说不准就是和他谈优化的事。他抠键盘的动作不由得快了一些。转而他又想到和维森特刚结束的谈话，不像是立马开了他的意思，人事应该和维森特一样提醒他新季度绩效再是B- 就该走人了，他想到这又松了一口气。何宇正准备查看办公软件的消息时，手机铃声响了："我们在这儿欢笑，我们在这儿哭泣。我们在这儿活着，我们在这儿死去。"何宇清晰地记得这首歌下面的一条评论：北京有一种游戏叫抽嘎嘎，就是用鞭子抽一个陀螺，抽得越快陀螺旋转得越快。何宇看了一眼是陌生电话下意识挂断，对方似是着急，立马又拨了回来。“喂，何宇先生吗？我是爱家地产的小郑，您上个月看过的双柳新居有新的两居室出售……”何宇没心情听下去，这个小郑一定是东北人，说话爱用三声。他一直都羡慕东北人，好像任何沉重的东西到了东北人那里都会被一两句笑话消解掉。

被人事提点完后何宇又回到工位前，他抻长脖子朝工位周围扫视了一圈，维森特说的是，新人里本科生裁得就剩他了，斜对角那几个把键盘敲得噼里啪啦冒火花的是和他同一批入职的研究生，那个左边穿白色短T的叫李南，他最牛，键盘声音也最小，研一在ACM（国际计算机学会）拿过银奖，入职评级比其他应届生都高一级。李南旁边依次是王振、秦海，他旁边几个戴着耳机满脸土气浏览网页的是在公司待了五六年的老员工，能坐在这里都是想升没升上去的，也不敢走，绩效干得不高不低，天天在屏幕前盯着后台队列消费实况，做着最不容易出差错的活。何宇以前是瞧不上在这里写代码的老员工的，他们和自己一样不了解现在最前沿的技术，而且脑子也不如年轻人转得快，最重要的是身体已经不允许像年轻人一样没日没夜地加班赶项目，按照维森特的话来说就是没有核心竞争力，能苟在这儿的原因就是上不去的工资和用时间熬出来的经验了。但是在今天，在这一刻，何宇觉得自己才是组里最底层的人，因为他连留在这里满脸冷气迎接35岁危机的资格都没有。

何宇收回视线。已经中午了，一般这个时候潇潇会给他发消息问中午吃啥，要是他不去和同事吃食堂的话，潇潇就会给他点外卖，她知道他中午爱吃面。何宇想着就点开了潇潇的微信对话框，看到了早上潇潇发来的消息。

“宝，我想好离职了，这个季度结束就来北京找你。我们最近吵架太多啦，我怕再吵下去这份感情就没了。虽然我也有一点舍不得我现在的工作，但是我们四年感情更重要啊。我知道你工作很辛苦，我来北京就找一个不经常加班的工作，这样我就能照顾你啦！你再也不用晚上回来点吃腻了的外卖！我给你做油泼面、剔尖面，还有你最喜欢的刀削面！”长长的一段话下面是潇潇常用的小猫立正的表情包，潇潇爱用这套表情包，圆滚滚的小猫骄傲地昂着头好像在说“我厉害吧，快夸我”。他明白了为什么潇潇没有发中午吃饭的消息，应该是担心新的消息分散了他读这条消息时的喜悦，他知道这一早上潇潇一定在守着微信等他的回复。何宇看着屏幕的字渐渐模糊，他晃了晃头想让眼神聚焦却感觉越来越模糊，直到看见消息框融成一个绿色的方块。他取下眼镜，用温热的手掌轻轻捂住眼眶，当感到眼睛的疲劳渐渐褪去有一些湿润的时候，他戴上眼镜在对话框输入：“好呢，宝宝，你来之前和我说呀。”随后按下 enter 倒头睡去。

何宇第一次在夜里凝视着眼前的这栋研发中心。

北京有两处宇宙中心，一处是五道口，以清华北大为主的八所知名高校都在那里交会。还有一处是西二旗，聚集了国内5家头部互联网公司，每天夜里数以万计的产品经理和码农在这里为了应对捉摸不定的市场需求挑灯夜战。在嘈杂的鸣笛声中何宇想起当时为了毕业能来这里上班，问家里要了两万块钱报补习班，白天上课夜里刷题，比宿舍里考研的同学还要刻苦。但是因为自己是双非院校，又没有对口实习经历，大多公司简历都筛不过，偶尔有个面试机会，面试官也因为他不具备逻辑思维能力第一轮就淘汰。在招聘社区上看见一个个985、211的技术大佬手里好几个 offer（录取通知书），他焦虑得整宿整宿睡不着觉，也不敢和家里打电话。这种窘境一直到大四春招补录收到唯一一个 offer 才缓解，虽然来得迟，但在他们学校也是一阵风云，学院公众号专门出了一期推文来报道这件事，还用了一个夸张的标题：《逆袭：斩获大厂高薪 offer，他做了这些事》，后来接着办了两三场讲座，让他给学弟学妹们分享职业规划、求职经验。那段时间他是有一些得意的，尽管他努力地掩饰在谦卑的外表下。

他听见李南在技术分享会上滔滔不绝地聊AI大模型、边缘计算、混合现实（MR）等一些他根本没有了解的前沿技术，实现原理、商业价值、应用场景，这都是他没有思考过的。在他以前的观念里，程序员只要会写代码就可以了，这些都是业务和架构需要考虑的。那段时间他第一次意识到他和这些人之间有着怎么都补不上的眼界、格局的差距。直到潇潇安慰他说，一个公司里总要有人仰望星空，也总要有人脚踏实地。北京秋天的风真冷啊，顺着脖颈呼呼地钻进胸膛，冷得何宇打了一个寒战，他抬头看去，巨大的天幕空无一物，薄薄地泛着园区投射的微光。

在下班回家的路上，何宇透过雾蒙蒙的车窗看见路边蹬着共享单车奔波却渐渐被遗失在身后的倒影。他记得他刚上班租的房子在昌平，特别远，每次他要先坐20分钟公交，再转一个小时的地铁，最后再走20分钟的小路才能到公司园区。在早高峰的小路上大家都恨不得把脚蹬踩断，不管是谁开多么豪华的车、穿什么名牌的衣服，只要在绿灯亮起时稍微反应慢一点，身后就响起此起彼伏的催促声，遇上脾气不好的大爷大妈，狗都得遭好一顿骂。对何宇来说，这座城市太大了，各种高楼大厦鳞次栉比，数不清的开发区、软件园，每一个地铁站里都挤满了匆忙的行人推推搡搡，马路上电动车、自行车摩肩接踵。所有人都按部就班，没有人会停下来在公交站前回应一位少年的彷徨你可能是一块金子，但北京遍地都是金子。

晚上回到出租房里时刚9点，何宇已经有两个月都没有这么早回过家。离职的压力像行刑时的肢解，一下卸掉了他一直撑着的一股劲，他没心思吃饭，拿出手机想给潇潇打一通电话，又不知道该说什么。还是先不告诉她，万一最后留下了，还让她白担心三个月。如果最后真的失业了，潇潇知道现在也帮不了什么。“最近工作比较多，不过，问题不大。你早点睡，晚安宝宝。”何宇看着潇潇回复的小猫表情包，眼泪忍不住跌在了手机屏幕上。他切换到音乐软件，房间里响起了赵雷沧桑的声音。“北京的冬天太冷我没有足够的衣裳过冬。北京的冬天太冷我找不到足够的食物。北京的冬天太冷我该如何温暖你我的爱人……”

这两周时间，何宇陆陆续续投递了三十几家公司，简历发过去都石沉大海。刚开始他只看得上同咖位的大厂，后来也陆陆续续开始试一些前景不错的中厂，再后来一些独角兽公司他也试着投，想着只要能无缝衔接，别让潇潇来了发现自己失业就好。但下半年跳槽本身就难，再加上这两年正是互联网寒冬期，部分公司连校招都开不起了，人才只出不进，产品经理秋然安慰何宇并不是他能力不够，今年所有大厂都在降本增效，两年疫情刚过去，市场回暖还需要一定周期。何宇知道秋然在安慰他，但是这些公司不招人也是事实，何宇如果想留在北京，现在只能想办法不被裁。傍晚他主动请秋然吃饭分析他眼下的情况，90% 以上的概率都是被裁，如果想争这一点渺茫的希望的话，只有两种办法：一是在这个季度里有人发挥失常，做得比何宇更差，绩效更低。另一种是在11月之前能做个大项目让组里暂时离不开你，给维森特留一个月时间物色新人背锅。何宇焦虑地摩挲着杯沿，第一种几乎不可能，寒冬期人人自危，使出浑身解数内卷，在往常看，这个季度都在超常发挥。第二种也够艰难，毕竟没有谁是不可替代的，哪怕是维森特，现在也催着李南出项目来保证自己的绩效稳稳落在 A，何宇明白他现在必须干一件大事让自己先稳在组里。

秋然是在去成都出差前把医疗行业调研报告发给何宇的。为什么发给何宇呢？最早拓展医疗行业的点子是何宇提出的，当时秋然忙着和李南推华东区的项目，这个事情就搁浅了。这次市场调研相对好做一些，在公司的客户支持团队那里就有很多现成的需求，秋然托客户团队的罗浩整理了在过往两年时间里有关医疗客户的所有需求，在昨天下午夜幕降临前交给了她。罗浩以前和秋然有过短暂的恋情，后来随着罗浩从运营团队调到客户团队频繁出差后终止了。秋然是文科出身的产品经理，对于技术一知半解，调研后的需求能不能做出来，得依赖技术评估，她也需要何宇。

何宇也不知怎么形容自己读完报告时的心情，像肾上腺素进入血液迅速在全身循环并到达各个器官，心跳加快、肺活量增加，又感觉到血管收缩、汗毛直立，血液从皮肤表面、肠道和肾里迅速回流，还像当年高考的最后一场考试，他压着最后一分钟涂答题卡时紧张、忐忑、焦虑又混杂着不明的兴奋。这份报告里写明了医疗行业发展的前景与计划，最重要的是对于云安全领域的巨大投资，而且行业内头部的几家公司对于云安全产品的期待他们现有技术是完全可以实现的，这个项目如果能推动落地，两年回本，三年就有希望成为公司商业化的重要模块之一，到时候这一定是核心项目。报告里每一处观点都有详细的数据支撑，只需要何宇在技术方面给出技术实现方案。何宇第一次很感谢当初被下放去医疗客户那里做了一周的技术顾问，很长时间里他都觉得那一周出差是导致落下组里核心项目的直接原因。

此时距离11月底何宇计划结束还有一个月零十二天。刚读完报告的何宇需要平复一下心情并且冷静地思索一下这个机会怎么能万无一失地落在他头上。他在园区的星巴克里找了个靠角落的位置，人不多，店员坐在靠窗的位置嘻嘻哈哈地聊着刚刚点餐的禁欲系帅哥，在这个园区里只有这些咖啡店员没有 KPI（关键绩效指标）、OKR（目标与关键成果）压力了吧。何宇不敢多想。与此同时，李南正泡在维森特交代的核心项目里抽不开身。维森特给客户演示结束的那个上午，办公室里他第一次提醒李南要注意工作的细节，还将何宇之前做的查询功能的细节演示给李南，原来何宇在一天之内不但修复了漏报的问题，还在原有基础上增加了两个新的数据源，测试那晚也是他独自完成的。新增两个数据源、独立完成测试、修复漏报问题，不管是哪个步骤都不难，只是一天内能做到何宇这样细致确是不容易的。维森特这是在敲打他要稳住自己的地位。

何宇在做技术评估的时候也想到了李南。在调研报告里，何宇发现有一个需求是需要机器学习结合自动化实现的，李南研究生期间有机器学习结合自动化在医疗领域实践经验，但是李南现在根本抽不出身来做这个，更何况李南怎么会愿意帮助他呢？当然何宇知道李南能愿意支持他这是最好的一种可能，万一项目评审不通过呢？万一项目维森特给别人做呢？万一立项通过了自己却搞砸了呢？万一秋然做了项目经理临时换技术负责人了呢？但是他现在顾不得这么多，不做什么都没有，做了起码有一线生机。

在傍晚的落日缓缓透过落地窗掩上木纹茶几的时候，何宇忧心忡忡地走出了咖啡厅。他到旁边的罗森买了两罐红牛，咖啡他还是喝不惯，时间不等人，他打算今晚通宵把技术方案写完，明早9点发给秋然过一遍，等到上午维森特来办公室就拿给他看，顺便向维森特寻求一下李南的支持。可能是最近几天太过于焦虑，何宇12点的时候感觉自己的头昏昏沉沉的，抬不起来，他看着眼前文档密密麻麻的都是字，一个一个摩拳擦掌等着从屏幕里蹦出来。何宇突然盖上了电脑，“砰”的一声惊得他清醒过来。像是反应过来自己刚刚的失态，何宇拿起一罐红牛咣咣地灌了下去，冰凉的液体顺着喉咙一股一股滑入他的腹腔，在罐身被捏出一道“细腰”的时候，何宇渐渐清醒过来，看着空无一人的办公室，他感受到一种来自生活的巨大悲哀。他相信在部门里要被裁的不只他一个，但是只有他一个人在这里垂死挣扎，其他人都有退路，不管是攒到钱出去创业，或是先回家啃老再筹谋，再不济也能回老家考一个公务员重新开始另一段人生。只有他没有，他想娶潇潇，要养老，要供弟弟上学，他必须在这个人才工厂里拼命挣扎，才有可能够得到他心心念念的未来。

“问题不大吗？”何宇想起来维森特的那句话。

褪去了九月的清凉，十月的北京已初见萧瑟，一阵阵凉风穿过马连洼熙攘的人群扑倒在何宇面前，再过一个小时，何宇就要去和维森特讲方案了。为了计划万无一失，何宇在今早八点就已经约好了维森特10点的时间，再准备了30页的数据应对维森特惯用的质疑手段——这些都是你的观点，数据支撑在哪里？他想不到还有什么潜在风险。何宇深吸一口气，敲键盘的手控制不住地紧张，这时候大家还没上班，办公室空荡荡的。何宇认为这样最好，万一项目不成他们也看不见自己的窘迫，在人才堆里大家喜欢装作从容不迫。等到维森特推开办公室的大门坐到工位时，何宇清晰地听见心脏撞击喉咙的咚咚声。

终于等到了这一刻，何宇像背稿一样向维森特讲完了整个方案。维森特还是像以前一样先鼓励后质疑，这些何宇都是准备好的，顺着维森特的质疑抛出了他的技术方案。唯一在技术实现中的机器学习和自动化的部分停下了，维森特像是看出了他的疑虑，试探着问他是需要李南的支持吗？何宇强装镇定地分析："目前机器学习这一部分如果李南能参与其中结果会更好，当然如果李南目前在新项目中没有时间临时支持，我这边也可以克服这些困难。"何宇把他准备已久的话术一字不落地背了出来，他看得出维森特有一些动摇，李南是维森特的嫡系，好的项目他当然希望李南能参与，但又要顾及李南的精力和其他项目的产出效率，把握这中间微妙的平衡才是当领导的学问。维森特不认为这是一个值得李南费太多心力去做的项目，但是又不能不做，如果这次能有机会打开一直闭塞的医疗市场，未来这个项目一定能成为公司核心项目之一，到时候他也会跟着晋升，但是以何宇目前的方案来看还没有什么大的亮点，只是把前两年的需求整合评估了一下，他能主持这么大项目吗？维森特想着，这件事得和李南商量一下。

李南也有自己的打算。他不愿意在新项目当炮灰，更想通过成熟项目在公司里站住脚跟，现在手里一个核心项目，一个公司重点布局的金融新项目，怎么都犯不着沾医疗这块难啃的骨头。末了，维森特让李南回去再想想，他也再考虑一下。何宇看见李南从维森特的工位离开后开始观察他的动作，如果是向他走过来，这事应该是成了，如果是径直回工位，应该是不成的。他看李南往自己工位这里看了一眼，不知道什么意思，接着李南就回到了他的工位。从维森特工位离开的一瞬间，李南像是明白了为什么维森特希望他能参与到这个项目中。

已经三个小时了，何宇盯着维森特的工位坐立难安，他猜维森特该是在向上汇报，也有可能是预算评估了不能审批，还有可能是对自己技术不信任，还有可能想把这个项目给李南……他不断猜疑着，他应该做些什么呢？在这漫长的等待里，或许应该做完手里的工作，或许应该学习一点新技术以免李南拒绝支持的时候无计可施，再或许应该给潇潇打个电话，他俩已经一周没有通过电话了。但是何宇什么也没做，他一会儿盯着屏幕里的方案，一会儿看向维森特的工位，期待他能和自己有一点交流，关于什么的都好。大约到了下午，太阳从云朵里挪出身影北京有些暖意的时候，何宇看见维森特和李南又进了会议室，大约聊了10分钟，李南满面愁容地来到了他跟前："聊聊？"何宇愣住了，下意识"嗯"了一声，跟在李南身后来到了上次的星巴克。还是上次角落的位置。何宇局促地坐在沙发的一角，相比维森特，他在李南面前更显得无措，每次聊天他必须很专注地聆听理解李南的意思，以保证他的自卑和无知不被暴露。"维森特和我沟通了一下，机器学习那一块交给我，我最近排期比较满，只能做这一块，项目经理是秋然，你做整体的技术把控。秋然还有几天才回来，可以先线上拉个会进行项目评审，再排期，维森特说问题不大。"又是问题不大！在排期的时候秋然问过何宇的想法，维森特希望何宇除了技术把控，最重要的是利用自己在医院的资源为后面市场打开做铺垫，秋然知道这才是何宇在这个项目中最重要的价值，但是她有自己的想法。如果何宇把大部分时间用在市场上，对于新功能的研发就一定会落下，很多活就没有人干，她自己在这个项目中的角色也会被弱化，她更倾向于何宇将资源介绍给她，她来做市场，何宇安心做研发。在传话的过程中，秋然弱化了何宇市场拓展的任务，重点提了维森特希望他踏踏实实做研发，把新功能尽快推动上线，拓展医疗市场。总之，何宇稀里糊涂地在一堆弯弯绕绕里开始了自己的大项目。

李南最近也是忙昏了头，同时跟三个项目的研发，尽管已经和何宇说明，但他对自己的自我要求还是没办法让他对何宇项目中乱七八糟的问题视而不见，他一方面希望何宇的医疗项目能顺利过渡到常态化，一方面他想起维森特的“叮嘱”悲从中来，这样一个高才生陷入到入职以来最严重的内耗里。当然现在满腔热血地沉浸在医疗项目里的何宇完全没有觉察到，他似乎觉得按照现在这个势头，他下个季度的绩效完全有可能上 A，到时候不但工作稳了，还有可能能在明年争取晋升。何宇已经两周时间没有睡过一个完整的觉，即使潇潇因为这件事已经和他冷战一周了他也不在意，等到下个季度绩效出来他稳定了再和潇潇解释，潇潇会理解的。大约在12月上旬的时候，医疗定制化功能终于正式上线，在何宇的争取下顺利在第一家医院试用。

何宇瘫在出租屋里回忆着给客户演示功能时自己的风光，每一个细节、每一条数据都完美地出现在客户眼前，他享受着客户体验到产品能力时的惊喜，回忆着维森特对自己的夸赞，这是李南都很少有的高光时刻。他打开已经年久积灰的 QQ 在空间里发了一句“这波稳了”，踏实地睡下了。后面的一切都很顺利，维森特对项目密切关注，李南在项目中的时间也越来越多，可以看出，公司有将这个项目作为重点项目扶持，原先5个人的小团队这时候已经有15人了。何宇忍不住猜测维森特这次裁员会让谁背锅，他感受到身边几个躺平的老员工最近也蠢蠢欲动了，他不慌，天时地利人和没那么容易占尽的。在这样的环境里待了一周何宇已经不想再为这些事情分散自己的注意力，他想乘胜追击继续打磨这个功能，争取覆盖到医院之外的领域去，何宇是这样对维森特说的。

收到秋然提醒自己查看绩效的时候，何宇正在通勤车听一档商业资讯的播客节目，里面一位大厂的人事总监正在讲怎么在互联网寒冬期提高自己的竞争力，避免成为离职大潮中的一员。尽管何宇已经认为自己稳操胜券，但看到这条消息时心里还是咯噔一下，并暂停了节目。他点开 OA 系统，毫无防备地看到自己的绩效，B-。公司默认裁员潜规则：在部门有裁员压力时优先裁掉有连续两次 B- 的员工。何宇感到额头一阵一阵刺痛，眼前也一晃一晃地发黑，扑面而来的情绪瞬间将何宇击倒在出租车上。

“如果我真的哭了是舍不得北京，带不走在这个城市我留下的心，离开的人们是否和我一个心情……”

何宇办理离职的那个上午，只有李南送了送他，秋然和维森特正忙着利用何宇打开的医疗行业缺口乘胜追击。何宇还是想不明白，为什么被裁的是自己，直到他从客户技术人员那里得知，李南已经代替自己对接医院功能研发部分的时候，他才读懂那天星巴克里李南的欲说还休。在深秋的寒风再次袭来的时候，他想起了维森特的那句“问题不大”。

作者简介

陈涛丽，宁夏大学文学院汉语言文学（教师教育）专业2020级学生。

二等奖

膝跳反应

张展瑜

跨年那天晚上，吴潼计划要做三件事。距离跨年还有五天的时候，早晨刚过八点，周苓在群里问了一句：朋友们，都回来了吗？今年跨年要不要一起去河边放烟花？

吴潼昨晚熬夜刷微博到凌晨两点多，半梦半醒间被手机的消息提示音震醒了。

吴潼眯着眼伸手摸索到床头柜上的手机，划开屏保去看。

隔了几分钟见没人回复，周苓又在群里@了全体成员。

吴潼皱眉，手机举到脸上，一边往上刷着之前没被清掉的群聊消息记录，一边等群里其他人的动静。

在这个只有四个人的发小群里，最后一次有人说话还是半年前的五月一日。起先是刘维在群里发了一条消息：祝各位打工人劳动节快乐。后面配了一条猫咪卖萌表情包。

周苓在群里秒回：快乐个毛，现在就想辞职回家种地。

刘维：知足吧，你爸只是要求你每天按时到岗，又没逼着你996，何况你每天耍耍手机摸摸鱼，月底就有工资拿，这待遇水平比我们普通打工人不知高了多少倍。

周苓：你懂什么，我志不在此。

刘维：那我觉得咱俩可以换换，因为我从小的志向就是有朝一日我那老爹能一夜暴富，好让我这不争气的废柴心安理得地在家里啃老。

周苓：……

她当时刚做完小组汇报，回到位子就猫在桌洞后面事不关己地刷起了手机，看到突然弹出的群消息心里觉得还挺有意思，就在群里糊弄地附和了一条：哈哈哈哈。想了想，觉得这个回复有些单调，才又配了一张时下流行的00后职场搞笑表情包。

从不主动发起聊天，一旦参与了就会努力显示自己的合群和活跃，这是吴潼的社交方式。

周苓马上像揪住猫尾巴似的抓住她问：自动续期的校园生活怎么样?

她抬头看了一眼讲台上正在做分享汇报的同学，那个女孩在上面对着自己的 PPT 慷慨激昂地演说着课题成果，而坐在下面的人却没有几个是在认真听的，她环视一圈，注意到大家脸上都是一副疲惫到几乎麻木的表情。她心无波澜地在群里简短回复：还好。

四年来一直在外求学，除寒暑假外基本不着家的吴潼紧跟考研大部队赶在毕业那年考上了研究生。

当然，决定考研倒不是因为吴潼想继续深造，只是因为在上大三后她比周围那些同学更先一步洞悉了毕业前景的虚缈。

毕业即失业。这个最先在网上流行起来的梗，在当时的吴潼看来不是没有道理的。但比起那个将来还没来的将来，摆在眼前的是大学里最容易使他们收获幸福的同学聚餐、周末出游、峡谷游戏和缤纷多彩的网络狂欢世界。

或许明天并没有那么快就会到来。她一边坐在教室里听教授讲课，一边刷着手机网络里层出不穷的搞笑段子，像吸收水母释放的毒素那样和周围的同龄人们一起，麻痹着即将出笼的大学生对于无法把握在手的将来的那种不动声色的焦虑与隐忧。

但倘若偶尔敲击一下那根坏死的神经，她也会突然做出正常的应激反应。她知道，在这一点上，大家其实都一样。

周苓马上回复了个“允悲”的表情，说：看来大家为了混日子都挺不容易的。

吴潼兀自笑了一下，心想，没错，就是在混日子。但又觉得身为富家女的周苓说这话不太合适，她混得再难不也有份像模像样的工作兜底嘛，即便她不上这个班，倚仗富豪老爹在家躺着吃白饭，也能吃穿不愁，潇潇洒洒地过完后半辈子了。吴潼再想打字跟他们聊几句，一直潜水的赵蛟游忽然蹦了出来，直截了当地往群里甩了个红包，配字：五一快乐。

在她眯着眼愣神的时候，周苓已经眼疾手快地抢了红包，十分狗腿地回复赵蛟游：感谢老板！祝老板生意红火，天天发大财！

刘维抢了红包，说：刚去跑腿送材料了……大手笔哇，感谢老板！卑微搬砖狗自觉抱紧老板大腿！

吴潼把原先打好的字删掉，聊天框里换成“谢谢”的表情包，点了发送。除了那个红包，赵蛟游再没在群里说过话，她等着看周苓和刘维的回复，等了几分钟也没动静，心想这两人应该私聊去了。她又慢慢朝上划着，默默地盯着赵蛟游的微信头像看了一会儿，还是那个拍摄于日出时分的逆光背影。最后，她没有领红包就退出了微信界面，然后将手机锁屏倒扣在了桌面上，强制自己抬头专心听课。

过了会儿手机又发出几下轻微的震动，她心里动了动，感觉像有小虫一样的东西从心底深处朝外拱动，但直至下课铃声敲响，她都忍耐着没再去看手机。

此后半年，四个人的群内再无任何新消息，直到十二月接近月底——跨年前的某天。

过了大概两三分钟，刘维回复了：好啊！我也挺想大家的！今年一起跨年吧！ @吴潼@赵蛟游

以三个感叹号衬托的文字里夹带着肉眼可见的激动。

周苓@赵蛟游，问：赵老板你呢？

几分钟后，吴潼还是在群里敲字回复道：嗯呢，好啊。后附“开心撒花”的表情包。回复完后，吴潼把手机倒扣在床上，不知怎的那一刻心情就像蹦极一样忽然从水平面荡到了谷底。

看到周苓的那句询问，不得不承认，她内心其实也在隐隐地期待着一个回复。

半小时后，赵蛟游群内回复：回来了，有空聚。

一如既往地平淡到让人察觉不出任何情绪起伏。她盯着这条迟来的回复，听到了自己胸腔内心脏怦怦有力的跳动声。她雀跃的同时又不免一阵慌乱，满脑子想的都是：赵蛟游回来了，他们马上就要见面了。

发小群里的四个人，除了吴潼，剩下的三人当年考的都是本地大学，去年都毕业了各自潜入社会找到了工作。

周苓大学学的是会计，吴潼知道这年头当家长的都希望自己的孩子能读个进社会后容易吸金的大学专业。周苓的高考志愿是遵从她父母的意愿填报的，但她本人却是个行走派的旅游爱好者，大学期间就参加了驴友团天南海北地游玩过那么几次，后来心态越发上瘾和坚定，本来兴致勃勃地想等毕业了成为一名潇洒的背包客，结果刚拎着行李踏进家门第二天就被她父亲强行塞进了自家的上市公司，熟知周苓是个没定性不能长远的，就让她挂了个轻松无聊的闲职。周苓每天按时打卡上下班，本职任务就是摊在工位上百无聊赖地刷手机摸鱼，反正除了自己以外的人一年到头都忙得要死要活，对她的情况也都心知肚明，

所以工作了一段时间下来，也没人爱搭理周苓。

刘维是学艺术的，如带过他的一个老师所言，刘维身上是有那么点子艺术天分的，但也只是一星半点而已。大学四年里他参加过一些大大小小的艺术竞赛，也取得过一点小成绩，但这都不足以说明什么，大概在全中国父母的眼里，学艺术的大学生都是一群想法不切实际的头脑狂热分子。换言之，在老一辈眼中，除非是大师级别，年轻人搞艺术的都没“钱途”，中看不中用。毕业那年，刘维应父母的要求参加了一次国考，但他此前一心想搞艺术，准备国考根本就是敷衍应付，最后不出所料地落榜了。但他父母又希望儿子能趁热打铁再战一年，可刘维却不愿再继续浪费时间准备那种自己毫无兴趣的无聊考试，就自投简历加入了外地的一家绘画工作室，他现在在给一位圈内不怎么知名的漫画主笔做勾线填色等辅助性的工作，一个月固定工资三千多，抹去零头整三千。因为先斩后奏的事情，刘维差点被父母开除“家籍”。他硬着头皮搬到外地工作后，除了家里有急事或每年年底的春节假期，平时基本不怎么回来。

群里那个叫赵蛟游的男生，这四个人里边数他最特殊，赵蛟游是那种一身懒骨但脑细胞意外活跃且好使的聪明人，从小到大他在学习方面一直是名列前茅，长得板正，瘦瘦高高的阳光型男孩，典型的“别人家的孩子”。高考那年赵蛟游本来有机会报更好的大学，但他却像久不回头的浪子终于折腾累了似的选择留在本地，毕业后他跟着家里一个做生意的亲戚去了国外发展。听周苓说赵蛟游现在混得很不错，应该是他们四个人里边混生活混得最好的那个，去年他在群里发红包，周苓手气好抢到了一百八十多块，当时只有吴潼没有领，应该说，从那次之后，吴潼就跟赵蛟游彻底断联了。

接收到赵蛟游回来的消息后，吴潼不知道是该高兴还是该郁闷，心情有些复杂地抱着被子在床上来回滚动了几圈，然后立马坐起来伸手拉过搭在床尾的衣服胡乱往身上套。

距离上次吴潼和他见面已经过去将近两年时间，就是几人大四毕业后的那个暑假——赵蛟游出国的前一天，他主动约他们三个吃饭。当天晚上，大约是六七点钟，周苓打电话来说有点事等会儿跟刘维一起过去，让吴潼自己先走一步，于是她就先打车提前到了指定的餐馆。

她没想到会和赵蛟游刚巧在门口碰到。她走在前面刚要推门，忽然有个声音在后面喊她的名字。她下意识回头，看见赵蛟游下了车，远远地在冲她招手。她诧异怎么会刚好碰到他，但想了想还是决定停在门口等他过来一起进去。

赵蛟游小跑着过来，她注意到那天他穿的是白色 T 恤配牛仔裤和板鞋，而巧的是，她当天穿的也是纯白色 T 恤、牛仔裤和单鞋，因为出门前刚洗了澡，头发吹干后就没再扎起来，为了那次临别前的会面，她也稍微化了点淡妆。

赵蛟游目光刷子一样上下仔细扫了扫她一身的穿着打扮，忽然笑了起来：“你一化妆还挺像那么回事的。”

八月份傍晚的空气闷得人有点呼吸困难。

吴潼听见他发出的笑声，却不知他笑的是什么，也不知他话里的“那么回事”是怎么个意思，她只知道自己单独跟赵蛟游见面或相处时总是很紧张，频繁地感到窘迫和慌乱。

回过神来的时候，赵蛟游已经在前面单手将玻璃门推开，侧身为吴潼闪出一条道，善意地说：“进去等吧，外面怪热的。”

她点点头，走进了他为她拉开的那道门。

两人跟着服务员上了环境比较清净的二楼包间。

赵蛟游让她先坐，自己出去一下，吴潼就坐到了侧边靠里的一个位子，把包放到后面，拿手机给周苓发信息，问他们两个多久才到。

两分钟后周苓回复她，在路上了，就是堵车，让她跟赵蛟游先点菜吃着。

吴潼靠着椅背闭上眼睛，从内心祈祷这两个人快点出现。

发完信息，赵蛟游也回来了，吴潼以为他会坐到门口的位置，但他竟然不嫌麻烦地绕过一把把椅子坐在了紧挨着她旁边的那个位子上。

坐下的同时他也顺便把手里的菜单推到吴潼面前，语气一如往常地随意，仿佛一切都无比自然："看看喜欢吃什么，都点上，别客气啊。"

她其实不会点菜，却觉得莫名无法推脱似的就对着菜单点了两个性价比较高的菜。

赵蛟游又加了几个，把菜单放到一边，开始跟吴潼有一搭没一搭地聊起来。

他懂得该如何把握话题的节奏，将一个话题抛出后总能让吴潼找到继续深聊下去的某个点，在聊天中她竟然渐渐忘了最初单独相处时的那种不适和窘迫，有一两次，她甚至没忍住笑出了声，因为他恰到好处的幽默感。

她跟赵蛟游之间很久没有过这么舒适自洽的相处模式了，自从高中毕业奔赴大学聚少离多的情况成为一种常态以后。她看着头顶灯光映射下面前的男生那双乌黑发亮带着笑意的眼睛，她忽然觉得眼前的场景如此不真实，低头去桌上找水。

她端起来才发现，杯里是空的。

赵蛟游将茶壶接过来，默默地给她往杯里蓄满清香温烫的茶水。她低头啜了一口茶，浓郁的茶叶味在舌苔上化开，咽下去后嘴里还是一阵阵发苦，不好喝。

喝完整整一杯茶，她心情平静了不少。

赵蛟游托着下巴看她，刚想说点什么，包间门忽然被人推开，她抬头去看，周苓跟刘维来了。

于是点单吃饭，周苓指着桌上的茶碗不满道："赵蛟游，不是说给你送行吗？送行哪有光喝茶的？"

刘维瞥了她一眼，你还想喝什么？

周苓说必须是酒。上酒来，咱们给赵蛟游践行。

服务员上了几瓶啤酒，周苓往嘴里随便扒拉了几口菜后就拉着三个人喝酒，席间气氛其乐融融。

桌子不大，四个人起身碰杯，赵蛟游说：“这次出国，也不知道什么时候能再回来……”

刘维说：“我早就看出你小子是做生意的料。”

周苓嘻嘻地说：“到了国外也别忘了我们几个，好好混，到时候真发达了，苟富贵勿相忘啊。”

赵蛟游点头说放心，然后目光扫向吴潼。

吴潼想了想，杯子举高了一点：“那就祝你此去一路顺风，前途顺遂。”

赵蛟游看着吴潼笑了笑，说了声谢谢，然后跟她轻轻地碰了个杯。

饭局变酒局，四个人里吴潼酒量最差，两杯多一点眼前就开始发飘，几次都忍不住盯着赵蛟游的脸看，她越喝，心就跳得越快，就越想对赵蛟游说点什么，总觉得应该再跟他说点什么。越动这种念头，吴潼心里就越是慌得发麻，最后她一定再定连忙止住，给自己灌了几碗浓茶，慢慢才觉得身上好受些了，心跳得没有之前那么慌了，后面的时间里就支着脑袋看另外三人喝。三个人拼酒，到最后只有赵蛟游一个喝多了，吴潼看着他最后垫着胳膊脑袋伏在桌上一动不动，周苓笑他的酒量他也不再反驳，醉得昏昏沉沉。

临走的时候，吴潼忍不住拍了拍赵蛟游肩膀问他的情况。一身酒气的赵蛟游梦游似的睁开眼睛，轻晃着脑袋盯住她的脸看，眼神迷蒙却似乎在努力从她脸上辨认出什么。

刘维架着赵蛟游走在前面，她跟周苓在后面跟着，出了店门，刘维扶着赵蛟游在路边等出租车，车来的时候，三个人合力把醉得不省人事的赵蛟游塞进后车车座里，等刘维也从另一侧坐上车后，吴潼刚准备合上车门的时候，赵蛟游忽然伸出一只手来攥住了她的胳膊。

吴潼呼吸一窒，下一秒缭绕在他身上的那股呛鼻的酒气扑面而来，要将她也一同醺醉似的。

其余两人只看见赵蛟游把吴潼拉低到跟前，伏在她耳边低语了几句，然后就马上松开了。

夜色里，出租车喷着尾气从她和周苓面前驶远了，吴潼站在原地，那只被赵蛟游攥过的胳膊仿佛僵掉了一般绵软无力地垂在身侧。

吴潼对着镜子刷牙。总之那晚过后，赵蛟游第二天就出国了，以后也再没跟他们几个见过面。尽管赵蛟游出国后不时还会通过微信主动跟她聊几句，但一个忙着做生意，一个忙着念书，所在地的时差也不一致，本来有限的聊天时间就一再被压缩，最后都是匆匆开始又匆匆结束，逢年过节他也问候不断，但却从未主动提及那晚说过的话，吴潼淡漠地想，当事人都无动于衷，她又何必在意。

烟花是周苓在跨年前就预订好的。周苓亲戚家是做喜宴生意的，主营项目除了最常规的用于结婚生娃乔迁升学摆席的烟酒糖茶那一套，还兼售逢年过节或酬宾开业要用到的鞭炮礼花一类。预订之前，周苓专门在群里征集了其他人的意见，最后定了几个烟花棒、烟花筒和一个做压轴表演的一飞冲天版旋转豪华型烟花。

等待跨年的这期间赵蛟游也没有联系她，就连回国的消息，也是那天从群里得知的，吴潼不确定他是否还在介怀当初那条她没有回复的私信。

三十一号的早晨，也就是跨年当天，周苓打电话来托吴潼去店里取他们四个跨年夜要放的烟花。

接电话那会儿才早上七点多钟，吴潼浑浑噩噩地听着对方说的话，然后迷迷糊糊地答应了下来。磨蹭着赖了一会床才起来洗漱，随便裹上件棉衣就出了门。

刚过腊八，天气还是冷得叫人缩头缩脚，外面还是灰蒙蒙的一片。天上不见月亮，云层像饼皮的褶皱一样堆积得很厚很深，走在路上，屋外徘徊了一冬夜的风如溅水泥鳅一样直往吴潼脖领里钻，她一边走路一边缩紧了脑袋。

从家到店里的路程不算远，走路只需十几分钟。

四下昏暗里，隔着一道漆黑的马路，街边路灯投落的光将喜铺门前伫立的那道单薄人影拉抻得更加纤细、瘦长。

吴潼没想到会突然在这样的情形下见到他，而这显然不是巧合。吴潼定定心神，朝左右两边都看了看，没车，穿过马路，步伐中透露出一种连她自己都没察觉到的雀跃。

走到他跟前，一张嘴，呼出的声音就被突如其来的大风撕成碎片："你怎么在这儿？"

赵蛟游站到顶风的方位，给吴潼腾出了背风位置，对她刚刚的问题视而不答，盯着她露在外面一截的脖子，哈出一口白气，笑着问："你不冷吗？"

她立在他面前，感觉他说话的语气就像两年前那样，他的模样打扮似乎也没怎么改变。她有种错觉，好像他没出过国，没喝醉过，没拉过她的胳膊，也没说过那句没头没脑的话。他对她说话的感觉，就好像他们是前不久才见过面的一对好友，他面对着她时全身上下举止说话都表现得非常自然，相对之下，不自然的只是她。

吴潼缩了缩脖子，硬着头皮摇头。

赵蛟游示意吴潼把手拿出来，她迟疑了一下还是照做，然后看着他把自己脖子上的那条围巾解了下来，放到了她手里。

赵蛟游把棉服领子拉高，不在意地耸耸肩让她把围巾围上，说："来早了，店还没开门呢。"

吴潼把那条围巾缠到自己脖子上，提着气小心翼翼地感受围巾布料里被保留下的温度。

她从兜里摸出手机，指头僵硬地在屏幕上戳着："我打电话问下周苓吧。"

赵蛟游在原地转着圈跺脚，吴潼打电话期间他不说走，也不说不走。吴潼将手机举在耳边转过身去，看着店铺招牌下那道紧闭的卷帘门，她插在棉兜里的另一只手攥紧又松开，手心里沁出一层冷汗。

"怎么样？"

"打不通。"吴潼看着赵蛟游，说，"先回去吧，我中午再过来看看。"

她主动朝前走了几步，赵蛟游却站在原地，问她："你吃早饭了没？"

吴潼迟疑着转头，说没有。

赵蛟游抬手指了指马路对面，说："对面有家餐馆，我们进去吃点吧。"

他们一起穿过清晨无人的柏油马路，到对面的餐馆里坐着点了两人份的早点。

等饭的期间，他一直坐在她旁边看微信回复消息，好像并没有想要跟她聊点什么的意思。吴潼划开屏保把微信、QQ、微博、相册、抖音等软件挨个儿点开查看浏览一番，然后关掉，抬头装作不经意地将目光停落到他发梢、眉骨或压低的肩膀上，接着又若无其事地将视线转移到店门外，心想他好像也变了点，比之前多了一些被社会锤炼后的稳重气质，好像也没有以前健谈了，起码是现在在面对着她的时候。

等吴潼把早点都端上来后，赵蛟游仍在低头回复消息。他打字的速度很快，有时打回复到一半会停下来想一下然后继续，打字时那张脸也表现出什么起伏的情绪，好像在处理生意上的公务。

忽然，赵蛟游把手机往桌上使劲地一扣，她感觉他好像有点生气。

她从筷子桶里拿出两双筷子，分给他一双，试探着问："怎么了？"

赵蛟游冲她淡淡一笑，刻意遮掩地说："没什么。"

吴潼没再继续问，劈开筷子捞了捞碗底的肉片和香菜叶。

以前每次都这样，她先问，他不说，她就不再问。

从餐馆出来的时候是八点多钟，对面的铺子开张了，两人折回到马路对面取了预订的烟花。

赵蛟游帮她拿了块头最大的那颗烟花“炮弹”，出了店门，问她：“先送去你家放着？”

她说：“嗯，你还是让我拿吧。”这几个烟花她使使劲儿还是能拿得下的。

赵蛟游说：“不用，我帮你送回家去。”

吴潼默许了，两人手里都提的提抱的抱，路上也走不快，只能慢慢悠悠的，到吴潼家的时候，是上午快九点钟。

家里没人，吴潼的父母一早就带着家里的弟弟回老家跨年去了。

走路出了汗，屋子里暖气又开得足，赵蛟游把外套脱了搭在椅背上，然后接过吴潼递过来的水杯，灌了一口，随口说：“我在你家待到晚上直接去和他们俩汇合吧，这会儿回我家晚上再赶过来有点来不及。”

想到他以前也是家里的常客，吴潼说可以，又想起了什么，问：“你搬家了？”

赵蛟游“嗯”了一声，走进客厅坐到沙发上。

过了一会儿，赵蛟游忽然说：“吴潼，我想跟你聊聊。”

“聊什么？”她说着，把洗好的水果端到茶几上摆好，说，“你吃。”

赵蛟游没吃水果，接着刚才的话题：“聊我跟你说过的那句话。”

吴潼站在他面前，两双眼睛的目光在半空猝然交汇，中间只隔着一道茶几。

吴潼走到沙发另一侧坐下，问他：“为什么突然聊这个？”

赵蛟游说：“就是觉得难得能跟你见一次面，不想再错过机会了。”

吴潼低头盯着自己两腿之间被合并起的那道细缝，两只发着冷的手交握到一起，像两道绞紧纠缠的蛛丝。

“那你说。”

“我说的是真话。”

两道蛛丝越绞越紧，绞得吴潼的脑子都开始发蒙。

“然后呢？”

赵蛟游想说什么，兜里的手机却忽然这时候响了起来，是有人打来的电话。

他盯着手里的显示屏看了几秒，手指像僵住了一样悬停在将按未按的屏幕上空，赵蛟游转头看了一眼吴潼的方向，吴潼已经起身去了阳台站着，背对着他，俯身朝楼下张望着。

赵蛟游犹豫了几秒，然后接通了电话。

几分钟后，赵蛟游站到了吴潼身边，吴潼指了指楼下，说：“你看，大白天的这群小孩就等不及放上烟花了。”

“小孩就是急性子，耐不住等待的滋味。”

赵蛟游循着她指的方向看去，今天是个阴霾天，天大亮以后头顶的云积得比早晨那阵儿更厚了。几个小孩点着了地上的烟花，那烟花体量不大，在地上嗞嗞啦啦地冒了半分钟的火星子后就灭了。

片刻的静默，吸进鼻子的空气就和这霾一样，让人呼吸连带着心情都沉重起来，吴潼仍旧看着楼下那群放烟花的小孩，问：“我刚才问你的，然后呢？”

赵蛟游看着她的侧脸，低头摩挲手指，半晌后，闷声说：“算了吧。”

阳台上没暖气，吴潼穿得薄，这时忽然打了个喷嚏，于是转身朝屋里走，边走边吸着鼻子，嗓音带了点湿气的样子，说：“有点冷，我去穿件衣服。”

就这么各自僵持着待到中午，吴潼从冰箱里翻出两个西红柿还有几颗鸡蛋，她一年的大部分时间里都是在吃学校食堂，到现在也还不太会炒菜，但碍于有客人上门，所以还是硬着头皮炒了盘不太美味的西红柿炒鸡蛋，把赵蛟游叫过来一起简单解决了午饭，吃完后吴潼简单收拾了盘子，留赵蛟游在客厅自便，自己回房间午睡。她在床上翻了二十个来回，终于把自己翻出了全身的血都朝脑袋里倒涌的感觉，她不甘心地咬了咬牙，冲下床打开门，走到在客厅里从背后叫了一声站在阳台的赵蛟游。

赵蛟游回头，手里捏着一根烧着的烟，看向她的眼神里有些不知如何掩藏的错乱。

她冲上去拉开阳台门的一瞬，感觉全身的热量顿时都被外面的冷气给卷走了，看着他手里的烟蒂没头没脑地问了一句："你现在抽烟？"

赵蛟游咳了一声，清清嗓子，略显尴尬："嗯……你怎么忽然出来了？"

那一刻，吴潼忽然泄气。她转身跑回房间，再继续待下去的话，整个身子从里到外就要被彻底冻透了。

她重新钻回被窝里，一边回暖身体一边闭着眼哆哆嗦嗦地下决心，等今晚跨年倒计时的时候就跟他摊牌。

在群里和周苓他们约好了碰头的时间，晚上九点多钟，吴潼二人带着烟花从家里出发去河边。

因为是跨年夜，河边已经聚集了很多人。深蓝色的天幕像一张绵延的画布不断被各种形状和颜色的烟花所渲染，吴潼他们根据定位找到了周苓和刘维。

站在河边，脚底下的河水荡着幽幽的暗波，周苓冲上来给了她一个热情的睽违已久的拥抱："熬了一年，终于见着你俩了。"

周苓把刘维揪到自己旁边，说："大家这一年都怎么样？我先说，我已经从我爹公司溜号了，过了年就收拾行李出发去云南，在那里开启我的徒步旅行。"

刘维打趣她："你果然还是叛逆了。"

周苓笑着捣了刘维一肘："我想了想，还是得趁着年轻干点自己想干的，而且谁叫我有叛逆的资本呢。"

这一刀正戳在刘维心口上，他痛心疾首道："这话说得是真气人，本打工人估计再勾个十来年的线也能攒上点叛逆的资本吧。"

吴潼说："但恐怕到那时候你已经过了叛逆期喽。"

"不光叛逆期，青春保质期都过了吧。"

四个人都笑起来，吴潼用不着痕迹的视线扫向周苓，她一直都很羡慕周苓，从小到大。尽管都是一起长大的小姐妹，但周苓从小就显得与众不同，她是有钱人家的独生女，是爹妈捧在手心里呵护的公主，她天生就有任性的资本。她可以不努力学习，因为她无需担心考不上大学找不到工作没法养家，她也不必顾虑兴趣与前途的冲突问题，因为她有的是钱，有的是时间，有的是肆意挥洒的成本。她可以毫无顾忌地追求自己想得到的一切，就算不是一切，起码也是大部分。

吴潼想，因为她从来都没有体会过周苓一直以来过的那种生活和拥有的那种心情，所以她有时理解不了周苓，即便她与她此刻站在一起面面相对，吴潼却仍然觉得像是隔着一道屏障观望着她，观望着自己所艳羡的另一种人生。

赵蛟游打起圆场："挺好的，各人有各人的活法，都是走一步看一步。"

周苓问赵蛟游："不考虑回国？老这么在国外待着，不会水土不服？"

赵蛟游笑着说："还在考虑中，大概率会回。"

周苓又问刘维："你呢？"

刘维说："我什么？"

"你过了年还回去？"

刘维理所当然地说："回啊，不回谁给我发工资？"

又问起吴潼，吴潼简单说了几句，大意是毕业不准备继续再读了，尽量找个合适的工作把生活安定下来。

她确实不想再念书了，念了十八年也念够了念烦了。她以前以为越读书前路就越清晰人生越容易，长久以来她不断地从一个校门跨入另一个校门，身心都已经适应了学校这种氛围单纯又清净的环境，适应后就产生了依恋心理。她想借着念书的名头在象牙塔里多赖上几年，尽管书读得糊涂，但也试探着摸索未来的门槛。但事实和结果不如她所愿，吴潼想，一直以来，她都把未来的事情想得太过简单，太过理所当然。

几个人就这么靠着河边栏杆天南海北地聊着，仿佛只有不断地聊天不断地大笑和叹息，才能弥补这一年来每个人被各种事务和烦扰掏空的时间。长大了，几个人再难得有机会聚在一起时好像永远都有说不完的话，就像小时候一样。虽然时隔许久不见，但看着灯火照耀下他们生动的脸庞，吴潼恍然间觉得，有一种关系，大概是即便你们之间很久不主动联系，但再碰面时总是能一秒找回曾经相处时的那种感觉，很奇妙。

生活时常不尽如人意，但此刻的心情却美妙得相当真实。

吴潼抬头望向夜空，无数朵烟花像极致燃烧的花朵一样在天幕中央绽放，点亮黑夜的光也将她的眸子点亮。

就在她放任自己沉浸在这种欢快的节庆氛围中时，赵蛟游拍了拍她，说："机会难得，大家来合个影吧。"

吴潼被拉着站在周苓和赵蛟游中间合了影。周苓又让吴潼帮忙给她单独拍了几张有烟花做背景的照片。

拍好后，吴潼把手机还给周苓，赵蛟游这时忽然对周苓说："帮我跟吴潼单独拍一张吧。"然后把自己的手机递给周苓。

周苓嘴里调侃着，接过赵蛟游的手机，往远处站了站对着吴潼和赵蛟游一顿猛拍，最后比了个 OK 的手势。

吴潼走过去，说："让我看一下拍得怎么样。"

周苓把手机递给她，自信满满道："慢慢挑，肯定能找到一张你最满意的。"

吴潼翻着刚才拍下的那些照片，不由感慨："天哪，你这是拍了多少张。"

不远处，刘维已经跟赵蛟游在准备点烟花了，周苓说对吴潼说："你选好就过来啊，我们要准备放烟花。"然后朝两人的方向走去。

吴潼欣赏着这些照片，画面中的自己和赵蛟游并肩站在一起，赵蛟游的胳膊挨着她的肩膀，两人脸上都带着自然的笑意，她以前不太喜欢拍照，因为笑容被拉到镜头下就会变得很僵硬扭曲，手动删了几张人像拍糊的、曝光过度的、脸部表情僵硬不自然的照片，刚想划到下一张的时候，一个电话打过来，是个陌生号，她以为是骚扰电话，随手挂了。没过几秒，那电话又打过来，吴潼想把手机还给赵蛟游，但看他跟那两人正忙着摆烟花，犹豫间点了接通。

"您好，哪位？"周围环境太吵，吴潼只能把手机贴到耳边仔细听。

大概是信号不太好，等了几秒，然后听筒里才稀稀拉拉地传来说话声。

吴潼站在原地静静地听着对方的话，不知不觉，举到耳边握着手机的那只手已经在瑟瑟色冷风中冻僵。

周苓见吴潼许久不过来，就过去喊她："快来，要放烟花了。"

周苓拉着吴潼往前走。

这会儿是跨年夜晚上十点多，河边聚集了不少人，其中年轻人居多，有像他们一样来放烟花的，也有来等着看别人放烟花的。

四个人把除了那颗大烟花外的几个烟花都点了，折腾着一直玩到了十一点多。到十一点四十几分的时候，周苓提议把那颗最大的烟花点了。

然后说："这样，烟花飞上天的时候，每个人都大声讲出一个自己希望来年实现的愿望。"

赵蛟游找了块空地，把烟花点上，然后退到几人站好的位置。

过了十几秒，第一颗烟花尖叫着拖着长长的尾音蹿上了天空。

周苓催促着说："快快，谁先来！"

刘维庄重地上前一步："我希望明年我能靠自己画出一部独立的属于自己的漫画作品！"

第二颗烟花炸开。

周苓说："我希望新的一年，我能去更多的地方，见更多的人，看更多的风景，我要任性地做自己想做的事！"

第三颗。

周苓推了推吴潼，吴潼说："新的一年，我希望我的家人朋友都平安健康，希望我能早日摆脱迷茫，找到自己的人生方向。"

最后轮到赵蛟游，吴潼却已无心去听，此时越来越多的烟花在空中炸开，五彩斑斓的花朵将天空装饰得绚丽非凡。不知不觉间，四个人带来的那颗烟花已经燃放完了。吴潼低头看着脚下，极致的绚丽之后，是瞬间的凋零与破败，火花在半空中如数泯灭，地上剩的只是一具焦黑的烟花筒子，和一堆七零八落的火药残渣。

时钟指向十一点五十九分的时候，跨年倒计时开始。

吴潼站到河边，伏在栏杆上看脚下暗涌的河水，烟花从高空熄灭时落下的灰烬掉进眼前的河水里，看着那一绺绺滚烫的火花被冬天的河水吞没，她的心平静得没有一丝波动。

"还有三十秒！"旁边有人这么喊着。

赵蛟游来到她旁边，她低头看了看手机，还有二十秒。

赵蛟游忽然靠近她肩膀，问："吴潼，你怎么想？"

她自始至终都低着头不去看赵蛟游的眼睛，但她却要听他的声音，她说过他的声音一如既往地平静，就仿佛这一切都在很自然地发生着一样。

而她已经厌烦了这种平静。

"我是真心的。"

她笑了一下，非常简短的一个笑容，心里一阵阵发凉。

有人在大声倒数着最后十秒："十！九！八！七！……"

吴潼把手插进兜里，掏出那只一直放在自己口袋里的手机还给他，平静道："你女朋友之前打电话来。"

白天那通电话，以及餐馆里的微信回复，对方一直是那个女孩。

赵蛟游没有接手机，他想接，手都下意识地伸出来了，但又瑟缩了一下，从半空滑回了体侧。

吴潼把手机平稳地放在栏杆连接处的木桩上："咱们几个这么多年的朋友，你没必要瞒着。"

赵蛟游什么都没说，她猜他应该会希望此刻时间能够倒流。

新年，零点。吴潼说了声"回去了"便转身离去。

没有和周苓、刘维道别，回去的路上，她把一只被人随意扔掉的空易拉罐一脚踢进了灌木丛，心中忽然生出种又憋闷又莫名畅快的怪异感。这感觉像一张粘鼠板，让她落了网的心十分痛苦，她不得不停下来让自己试着做深呼吸冷静。

她刚好停在了一个亮起红灯的路口。

她想，相处的这段时间里他明明有无数次机会可以开口跟她把话说明白，但他偏偏选择了沉默和隐瞒……她还想到了其他一些乱七八糟的事情。

绿灯重新亮起，她还没有过马路，她忽然有点想哭，又怕过路的人会看到她脸上的泪痕和她狼狈的样子。

他是什么意思？吴潼困惑，是打算同时占据两个女孩双手奉上的爱情，还是打算先斩后奏，跟她表白后再去跟另一个女友提分手？

但不管是哪种，都叫吴潼觉得难以忍受，像误吞了虫子一样。

有一瞬间，吴潼极致地厌恶赵蛟游这个人，她恨不得立马掉头回去对着那张脸狠狠羞辱一番。但那仅仅是一瞬间的冲动反应，下一秒，她又不受克制地想到他的好处。她就这样做着反复横跳。

对面又变成红灯，她定定地站在原地，像根强撑不倒的立桩，经过漫长的调试后，心情才像水平仪一样重归那种在独处时慢慢习惯适应的平静。

正常情况下，人的膝跳反射会随着外部刺激作用的消散而慢慢停止。可能对她这样的年轻人来说，面对青春期的爱情也是一样的道理。

这时她抬头重新看了一眼，是绿灯，于是放心地朝前走。刚过马路，兜里的手机响了起来，她站住脚步，伸进兜里捏住手机的那只手慢慢收紧……打电话的是到处都找不见她的周苓，还是被撇在河边的赵蛟游，她不知道。

作者简介

张展瑜，北方民族大学中国少数民族语言文学专业2022级硕士研究生，宁夏作协会员。有作品发表在《中国青年作家报》《宁夏文艺家》《民大青年报》《塞声》等报刊。散文《摇椅慢慢摇》获全国大学生文学作品大赛二等奖。有作品获2020、2021、2022年宁夏大学生原创文学大赛奖项。

三等奖

病

姜文臣

一

阴云几乎密布了一整个冬季。大雪刚过，寒冷笼罩着整个大地，街道上稀稀落落的行人瑟缩着脖子，脚步匆匆。

省妇幼无论春夏秋冬永远是如此“热闹非凡”。粉红色的装修风格略有几丝治愈和温暖，充足的暖气包裹着等待区满满当当的人群。在这里，有些人愉悦地等待新生，有些人迫切地寻求希望，这里是人情冷暖的聚集地，也是人生百味的交织之处，与室外俨然是不同的世界。

化验单上“左侧乳腺肿块”“建议手术治疗”的冰冷字眼在邓雨晴的泪眼中逐渐模糊。过去的二十四年里，她很多次独自来医院看病或者打针，但大多都是感冒、发烧一类的小病。而这一次来到省妇幼，她却得到了一个需要手术的结果。此刻，过去二十几年的苦楚在她的生命中又突然撕裂开了一丝缝隙，无声无息汩汩流淌出来，侵占了她的整个身体和心灵。

在她的远去的童年记忆里，父亲是跑长途货运的，家里常常不见他的身影，他在一次工作中认识了一个很漂亮的阿姨之后便再也没有回来过。从巷子里的人零零碎碎、略带玩味又略带同情的闲谈中，她得到了一个结论——爸爸不要她们母女了。从那以后母亲的精神备受摧残，只能勉强地工作、生活，除此之外分不出更多的心力好好地照顾雨晴，偶尔情绪上来，看到雨晴这张跟父亲极其相似的脸，还要找些事端破口大骂。所以上初中之后雨晴就一直和年迈的外婆住在一起，外婆慈祥而明事理，但毕竟年纪大了，很多事情都没办法帮到雨晴。因此，多年来她习惯了在生活中一切平静抑或是坎坷面前独当一面。雨晴心想，哪怕她已经被生活磨砺得那么独立坚强了，可那毕竟是一个手术啊。听医生说，这种情况多发于二十五岁前后的女性，虽然不是什么大问题，但是肿块逐渐长大，将来可能会破坏其他组织，最好的方案就是提早手术防患于未然。到时候要在乳房上打一个洞，将里面的肉球取出来，想想就让人胆战心惊。

此刻，她多么希望那个人还能在自己的身边，可是三个月前他头也不回地离开了。他们是研一的时候在学校的一次诗会上认识的，都热爱读诗、写诗。过去他们是那么心意相通，彼此欣赏，雨晴觉得这个世界上不会再有第二个人能像他一样，理解她所有的苦难与欣喜，能够有如此的热力点燃她生命中那么多阴冷黑暗的角落。已经是研三了啊，两人论文都到了收尾的阶段了，毕业的曙光马上就要洒在他们前行的道路上了，很快就能抵达他们共同憧憬的未来了。一句“我们两个不太合适，还是早点断了吧”打破了雨晴所有的幻想与期待。后来从朋友口中得知，他分手后不久就在老家订婚了，准备毕业就回家乡工作、结婚。

雨晴感觉，平时的生活里，自己在一切困苦磨难中都可以保持平和、平稳、坚强、无畏，唯独在爱情这条河里总是不自觉地自溺其中使自己面目全非。对于她来说，这个男人就是无所依凭的空旷世界里的一个依靠，是泥淖里的一根救命稻草，是无尽黑暗中的一束微光，随着他的离去，她身体里有一部分什么东西也永远地抽离出她的生命了。

她忽然觉得，她多年来认认真真走每一步，努力过得看似越来越好的生活就像是沙子建筑的华丽但虚无的城堡，轻轻一碰就会崩塌得一无所有。

雨晴告诉自己，她是没有太多的时间和空间悲伤的，于是迅速抹了抹眼泪，把化验单夹进了病历里，乘电梯去乳腺外科住院部预约了最近的手术、办理了住院，娴熟得不像是第一次。护士告知她当晚就可以住院，过几天就能手术。她立即坐地铁回学校找导师请假，在宿舍收拾了带去医院的东西。特殊时期为了减少住院部的人员流动，医院叮嘱小手术的患者能不带陪护就不带陪护，于是雨晴拒绝了室友的好意，拎着行李箱，再次独自前往省妇幼。

二

到医院的时候，已经是傍晚了，雨晴在乳腺外科住院部前台做了登记，护士领着她进了9号病房并指认了床位。

“你是3号床哈，靠窗那个，今天先住下，明天开始做术前检查，别害怕，有什么事情按呼叫铃就可以了。”

护士的声音轻柔又动听，此刻雨晴心底升腾起一丝温暖和安心。

进入病房的时候，雨晴看到1号床是空的，但是从床头柜上堆满的东西和床边杂乱的行李可以看出是有病人的。2号床上坐着一个四十岁左右的女人，她头发杂乱，穿着与年龄极不相符的亮眼的粉红睡衣，上面是叫不出名字的卡通人物，瘦小的身材没能撑起这空空荡荡的衣服。此刻她正外放声音刷着抖音，看见雨晴进来，她紧盯手机屏幕的眼睛抬了起来，黝黑干枯的脸上溢着友好的笑容表示问好。雨晴的脸上也机械地挤出一个笑容，向她挥了挥手，随即开始将行李箱里的日用品倒腾出来整理。

雨晴整理东西期间，2号床的女人放下了手机，站在病床边随时关注着，好像随时准备帮雨晴搭把手。看雨晴基本已经收拾完坐下了，便从自己的柜子里翻出半袋红枣去洗，随即面对雨晴坐在自己的床前说：“小姑娘，恰！好恰！我就剩这点了。”她的普通话里有浓重的乡音，也有不容拒绝的魔力。

雨晴盛情难却，伸手拿了几个。一起吃枣的片刻，女人顺势问了一嘴雨晴的病情，得知雨晴只是来做一个微创手术时，说：“不打紧，你这个不痛不痒，切了就好了。”说着又拿出了抽屉里的瓜子开始嗑。

“我的肿块五天前切除了，半个小时就出手术室了。比你的还大嘞，没切的时候还总是痛。”她边说边轻轻捂住还缚着绷带的胸口。“这回好了，我估计明天医生查完房我就能出院了。”

雨晴听了宽心不少，随后两人再无话，各自洗漱完就拉上床帘躺下了。

病房里的日子因枯燥和忧虑而被拉得无限漫长，雨晴看着窗外逐渐暗淡下来的天空，思绪又陷进了情绪的漩涡之中，由眼前疾病的忧心，到过去重重叠叠、斑驳陆离地刻印在她生命中的一切记忆，到未来不知何去何从的迷茫……她总是不快乐，时常觉得没有明天，很大一部分原因是她总是背负着沉重的过去过现在的生活，她有太多的情绪陷落在逝去的那些岁月中了。对于她来说，跟随时间的长河流淌而去的只是当时的一些场景，而当时产生的悲伤情绪则像大浪淘洗出来的沙子一样，永远地沉积在她心灵的河床之上了。

在半梦半醒之间病房的门开了，走廊的灯光也推门而入，雨晴从情绪的漩涡中挣扎逃离出来，猛地睁开双眼。门口是一阵琐碎的脚步声和窸窸窣窣的说话声，随即是平车轮子滚动的声音，一直没有出现的1号床病人被推回来了。隔着床帘，雨晴听出是好几个人把病人送上了病床，除了一个陪护，其他人都出去了，病房的门被带上的一瞬间，留下了一屋子满满当当的黑暗，还有1号床一个晚上连续不断的呻吟声。

这一个晚上，雨晴一点都没有睡好，陌生的环境本就已经带给她不安和局促了，1号床又不断发出痛苦的呻吟，尖厉的声音刺破了病房的黑暗，钻进了她的帘子里，不时打断她的思绪，打断她的睡眠，一遍又一般地抓挠着她的心。

三

“3号床，抽血了。”

天还没完全亮，雨晴被护士轻柔的声音叫醒，又在冰冷的针头插入血管的一瞬间彻底清醒过来。

“这是术前检查的第一步，一会你等医生查完房之后，拿着检验单去相应的地方继续做其他的检查。”

雨晴模模糊糊地答应着，在这个刚刚安静片刻的早晨又睡了过去，弥补着昨夜睡眠中零落的空白。

再次醒来的时候，雨晴听见医生带着一群人进来查房。在医生查1号床、2号床的空隙，雨晴迅速起来梳了头发，去洗手间简单地洗漱了一下。路过1号床的时候，雨晴匆忙瞥见了昨晚声音的发出者，她惊奇地发现，这是一个非常漂亮的女人，看起来三十多岁，憔悴的面容和凌乱的衣着也难掩她的美丽丰腴。她老公寸步不离、无微不至地陪护她，脸上同样写满愁容。从医生和1号床的交谈中，雨晴的疑惑得到了解答，原来1号床已经是乳腺癌三期了，昨天刚做完一个大的切除手术，虽然一定程度上阻止了癌细胞的扩散，但是也永远失去了一个乳房。这个手术只是开始，接下来等待她的还有一次又一次的化疗和放疗。

医生查到2号床的时候，2号床还没等医生开口就急切地问：“医生我今天可以出院了吗？”

“你的病理切片送去检查了，还没出结果。在这之前你就好好在这里休养。”

医生并没有给她所期待的答案，2号床原本充满光的眼里忽而闪过一丝阴云，满口答应着好，便又照常出门去买早餐了。

医生走向3号床，雨晴紧张地从床上坐了起来。医生看了病历，跟后面的实习医生交流着。

“新来的啊，来，衣服解开我先看一下肿块的情况。”

雨晴看着眼前这个陌生的中年男医生和背后三四个医护人员木然了，她迟疑了几秒才解开衣服和内衣。医生冰凉的手按压着她的乳房，后面几个医护人员没有温度的眼光固着在她的乳房上的那一刻，羞耻感遍布了她的全身，她感觉此时的自己就像是动物园被围观的动物一样，没有任何尊严可言。

“小问题哈，今天做完术前检查，明天下午准备手术。”

雨晴迅速扣上衣服，嘴上答应着，脸到脖子红了一片。

查房结束后，雨晴简单地吃了点早餐，按照检验单上的项目，做了好几个术前检查的项，回到病房的时候，已经是中午了。1号床的手上扎着针输液，鼻子上插着管子，她的病床微微倾斜，她老公正艰难地喂她喝汤，雨晴和他们微笑致意，他们也回之以微笑。2号床正坐在电视柜旁边打电话边吃饭，手边是最后剩下的几个红枣。雨晴听不懂她的家乡话，但听出了她大概是和亲友交流着自己的病情，又告诉他们自己很快就要出院的消息。

漫长的等待中，除了1号床的老公进进出出地奔忙，病房里几乎是长久的沉默。1号床大多时间都是躺着静养，2号床总在打电话，雨晴带着电脑来的病房，闲着的时候就改改论文。大家很少互相交流，偶尔微笑，偶尔分享食物，大多时间都拉着帘子待在自己的病床上，沉浸在各自的世界当中。

四

第二夜雨晴睡得好多了，但是内心的焦灼却随着手术时间的愈发迫近而越来越浓了。

医生又来查房了，2号床去卫生间了，于是医生就先走到雨晴的床前问询，简单地交代了下午手术的注意事项。2号床从卫生间出来，疾步走到医生跟前。

“医生你来了啊，我今天能出院了吧。”她的脸上堆满笑容。

“结果还没出来，你先别急着出院。”

“唉，我都没什么事情了，可以出院了吧。我再不出院不行了，我做手术只跟我工作的餐馆请了一周的假。再不回去老板该不高兴了。我还是今天就出院吧。”2号床脸上的笑容逐渐褪去，说话的节奏越发急促。

“你是医生还是我是医生啊，你自己能决定的话，你来医院干什么？”医生也开始不耐烦了，“我就这么跟你说吧，你做完手术五六天了，照理来说早就能出院了，一直没让你出院肯定有我们的考虑啊。”

“啊！可是我的肿块现在切除了啊，切除了就好了啊。我还是得出院，再不出院我工作就没了。”

“我跟你说你怎么就听不明白呢，等你的病理切片完全弄清楚了，再轻轻松松地出院不行吗？也就这一两天的事情。”

2号床依旧不依不饶，医生无可奈何：“就目前对你切片的分析来看，有很大可能性是癌，你还要出院吗？”

“癌”这个字像一声惊雷盘旋在9号病房逼仄的空间里，医生话音一落，转身留给病房一个白色的背影，2号床的脸上写满了震惊与难以置信，坐在病床上手足无措。雨晴和1号床的两位也一时不知道该如何是好，依旧在自己病床一隅沉默着。

一整个上午，2号床站在窗边打了很多个电话，打给朋友、打给老公，方言雨晴听不懂，但急切她听得懂，反复提及的数字也听得懂。

挂了电话，她转头对着病房里沉默的几个人说：“你们说这到底是不是癌啊？”还说她老公觉得医院在哄她，这个世界上没有那么多癌症，马上来医院接她出院，带她回县城做手术……她哥哥说省妇幼的医疗赶不上省第一人民医院，切完就好了，肯定弄错了，出院了后换个医院再去看看。这是她头一次跟大家说那么多话，雨晴听明白了，总之这么多电话，没有一个电话是让她安心在这里治疗的。

她更想出院了……

“不对！姐姐！你别听他们的。他们就是不想给你治了！”

1号床打破了长久以来的沉默，从病房的另一个角落传来虚弱又有力的声音。

“姐姐，癌症是会死人的。”

听到这句话，2号床满脸惊愕地放下手机，回到了病床上，面对1号床打开了话匣子。雨晴觉得她此时的样子突然特别像小孩子，跟身上这件粉色卡通睡衣反倒适配起来。

“可是我也没办法啊，再不出院，我的工作马上就要没有了。餐馆最近正是旺季，很需要人，他们招人很快的。”

“你的生命重要，还是你的工作重要啊，你把病治好了，才有其他的一切啊。”

“我想不了那么远，我做手术已经花了很多钱了。要是工作丢了，我今后就没法按时把钱打给我儿子了。我儿子他是大学生，正是花钱的时候。我儿子可好啦，可惜之前判给我前夫了。我前夫别的都好，就是还跟以前一样不学手艺，不上进，成天赌博不管儿子啊，家里穷得底朝天，怎么供儿子上学啊。我想着，儿子是我自己的，再苦我也不能苦儿子啊。”

“人生还很长啊，你还有儿子，你还有父母，那你更要好好治病啊。你这个发现得早，比我的好治多了。”

“妹子你不知道我真命苦啊，不像你那么命好，我这几天看你老公跑前跑后，把你照顾得那么好。不像我家那个，我做手术也不来，一听说我可能是癌症就要接我出院。二婚就是搭伙过日子，没什么感情讲的。何况我俩还没领证，看着一起过，其实自己挣钱自己花，也是各过各的。”

说到这里，她忍了很久的眼泪决堤了，转头对雨晴说：“小姑娘，你看我现在这么苦，就是男人没找好。你听我一句劝，以后你结婚，第一个丈夫要是没坏到头的话，不到万不得已千万不要离婚。二婚的老公是不知道心疼人的，现在我六神无主，都没人给我当家。”

雨晴嘴上答应着，也明白这是2号床作为过来人最衷心的劝告，但心里就是觉得这句话哪里不对劲。她很同情2号床的遭遇，原来同一个病房的人不动声色的表面背后都各有各的苦难。看她如此无助，雨晴忽然觉得，这个世界上有很多痛，比癌更痛，也有许多疾病，比癌更难治好。

“救自己，你一定要救自己，姐姐。没人心疼你，你要心疼你自己，没人给你做主，你要给自己做主。”1号床的老公帮她调整着床的角度，她微微坐起来，眼里满是坚定和急切：“我都已经这样了，但是我非常强烈的念头就是，我要好，我一定要好！姐姐，你相信我，挺一挺就过去了，一切都会好起来的。”

“妹子，你说得对，但我的情况比较复杂，我可能救不了我自己。我还是去问一下医生，看出院能不能行。”说着又跑出了病房。1号床自觉没趣，长长地叹了一口气，便不再说话了，病房又回归了之前的沉默。

在她们谈话的过程中，雨晴在床上认真地听着，她们的谈话就像海边拍打着岸的潮水一样，一浪接一浪地拍打着她的内心。雨晴受到了深深的触动，百感交集，她同情2号床的遭遇，又疑惑她执着出院的选择；她心疼1号床被癌症折磨，又发自内心钦佩她在重大的疾病面前能拥有如此坚强的意志和坦然的态度，还试图用自己如同风中摇曳的烛火般的光亮给予身边的人一丝温暖和抚慰。

不过是一个上午，病房里的三个人之间好像有什么屏障被打破了，就像每个病床隔断的帘子突然都被撩开了一样。此刻，她们虽然仍是陌生人，连对方的姓名都不知道的陌生人，但是不经意之间好像悄然建立起了一种微妙的紧密关系。

五

手术比雨晴想的要简单多了，也或许是因为看过了同病房更重大的病症之后，雨晴一下子看开了，觉得自己的病痛根本算不了什么了。尤其在生死面前，一切都是微不足道的。

她披着羽绒服，自己走着去手术室，又走着回来。手术过程中，她已经可以没有任何顾虑地自然解开衣服和内衣，很坦然地躺在手术台上。除了打麻药的一瞬间产生的剧烈疼痛，以及手术工具发出的电钻般的声音带来的恐惧之外，雨晴没有感受到手术的丝毫痛苦。手术结束后，医生给她上好绷带，当把装了小肿瘤的袋子交到她手里的时候，她还是没忍住默默哭了起来。

回到病房里，雨晴首先望向了2号床的位置。她看见2号床的女人还安静地躺在床上刷着抖音，心里不知为何松了一口气。2号床看雨晴回来了，起了起身。

“回来了，切了就好了，我说了很快的吧。”

雨晴这才看到1号床已经站起来溜达了，看到雨晴回来她停在了窗边说：“小妹妹真的很勇敢啊，手术后好好休息，手臂别用力，睡觉小心一点别压到伤口，很快就能出院的。”

雨晴十分感动，手术台上残留下来的恐惧和不安，此刻都在雨晴的身体里消散了。

“医生……怎么说……让你出院吗？”雨晴做了一些心理建设，才朝2号床艰难地问出口。

“不出院了，我听这个妹子的。我得治好了再走。”2号床指了指正在房间里来回走的1号床。

雨晴并不知道她离开病房的这段时间发生了什么，但是好在2号床被留住了，她的心里也涌动着一丝欣慰。

“那就好，那就好，咱一起好好治病。会好的，会好的，一切都会好起来的，一切都会好起来的……”

雨晴的嘴里重复着的话，正是今早1号床对2号床说过无数遍的。

六

雨晴是最先出院的。

肿瘤切片的检验结果是良性的，医生让她在医院休养了三天，换了一层绷带就出院了。走的时候，她和1号床、2号床的两个姐姐互相勉励了一番，说好今后一定要健康、要快乐，要好好生活，好好爱自己。雨晴跟她们挥手再见后便轻轻关上了乳腺外科9号病房的门，她近几天总在这里进进出出，此刻第一次感受到，门里门外，竟然也是两个世界。

雨晴走出省妇幼，天上的太阳像是冰箱里的灯一样耀眼，但没有温度。这是一周以来的唯一一个晴天。回学校的路上，雨晴看着车窗外川流不息的人群，她的耳畔反复回荡着刘年的诗句：

“人间是个大医院，有些病入膏肓的人，看不出 / 任何症状”

“人间是个大医院，有些病入膏肓的人，看不出 / 任何症状”

……

作者简介

姜文臣，北方民族大学文传学院中国少数民族语言文学2022级硕士研究生。第二届、第三届宁夏作协春秋改稿班学员，曾获全国少数民族题材好新闻推荐活动三等奖、全国大学生征文比赛二等奖，有作品发表于《中国民族报》《中国校园文学·青年号》《北方民族大学报》等报刊。

三等奖

开 始

金 芝

“阿正，快起床，不然上学就迟到了。”阿正的妈妈在客厅喊道。

男孩艰难地从床上爬了起来，他拿起床柜上的怀表看了看，才六点，还很早。这个坐在床上满脸无奈的男孩叫阿正，十七岁，正在上高二。阿正十分不情愿地离开了他那温暖的被窝进行洗漱，然后走到客厅，看见他的父亲正坐在有些破的椅子上看着报纸，而茶几上已经摆上了馒头与咸菜。

“爸，妈，我走了啊。”阿正拿了两个馒头挎上书包出了门。

“路上注意安全。”他的爸爸应答着。

阿正刚走到楼下便听到了一阵熟悉的声音。

“今天怎么起得这么早啊。”一个扎着双马尾的姑娘向阿正走来。这个姑娘叫阿欢，也是十七岁，她和阿正读同一所高中、同一个班，他俩五岁的时候就已经认识了，算得上是青梅竹马了。她总是会在楼下的那棵桂花树下等着阿正。

“一言难尽。”阿正边说边打着哈欠。“你呢，怎么也起得这么早？”他反问道。

“哦，我奶奶最近生病了，今天四点多钟就开始咳嗽，我起来给她煮药。给她喂完药发现就已经六点钟了，也睡不着，就出来了。”阿欢边说边揉着眼睛打着哈欠。

阿正这时才发现阿欢的黑眼圈，应该是几天都没睡过安稳觉了。阿欢是个命苦的孩子，母亲因为生她的时候难产，死了。父亲也因为赌博背了巨额的债务，自己跑了，至今下落不明。只有奶奶和她相依为命。

阿正一路上和阿欢聊了些有的没的。走着走着，阿欢看到了一只受伤的小猫趴在路边，她赶紧走过去看了看，熟练地把小猫抱了起来，那只猫很听话，也不反抗。“还好伤口没有感染。”阿欢抱着小猫自言自语道，说着便抱着小猫往去学校的反方向走。

“你去哪儿？”阿正问她。

“去动物救助站。”阿欢边回答边安抚着小猫。

“你这样走一趟准得迟到，快走吧，别管它了，神仙都救不了几个，何况还是你。”阿正边看着怀表边不耐烦地对她说道。

“能救一个是一个吧。”阿欢的语气很温柔也很坚定。

阿正有些气愤，就没有管她，自己去了学校。

果然，阿欢迟到了，被罚在教室外站了一节课。

到了课间，大家都在七嘴八舌地聊着天，阿欢低着头进了教室，一个人静静地坐在她那个靠角落的位置。阿正趴在桌子上看着一本名叫《活着》的书，而他的同桌正在和后桌的人倾诉着他在爱情上遇到的挫折。

“为赋新词强说愁”，阿正在心里冷哼了一声，他深知这所谓的爱情是建立在生存这个大的基础上的，如果食不饱腹、穿不暖身的，又哪会来这么多矫情的东西。

阿正拥有着和他这个年龄不相匹配的冷漠与成熟，而这一切都是有原因的。在阿正四岁之前，他家本是十分富裕的，他父亲开着一家公司，但是后来因为运营不当，公司破产了。那段时间几乎每天都有人上门讨债，后来他的父亲没有办法，把他们家的房子也卖了，那时正值金融危机，没有亲戚与朋友愿意借钱给他们，他们一家人只能睡桥洞，吃不起饭就去翻垃圾桶捡别人吃剩下的东西，阿正至今也忘不了路人看他们的眼神，那是充满了鄙夷、蔑视且冷漠的眼神。再后来他的父亲终于找到了一份不错的工作，勉强够维持一家人的生计。在他五岁的那年，他们一家人搬进了现在住的房子，阿正也是在那时候遇到的阿欢。虽然距离那段黑暗与屈辱的日子已经过去了十二年了，但是那段日子影响了他对这个世界的看法。

“阿正，如果一个对你来说是除家人外最亲的人死了，你会怎么样啊？”阿正的同桌突然转过头来问阿正。

“不会怎么样。”阿正继续看着书冷冷地说道。同桌尴尬地笑了笑，又继续和后桌聊天去了。

阿正侧着脸看了看已经趴在桌子上睡着了的阿欢，她的脸上泛着红晕，一抹阳光照在了她的头发上，阿正竟看得出了神，直到上课铃声响起，他才回过神来。

这一天不知为何，阿正始终没法集中注意力听课，他总是忍不住往阿欢那儿看，他深知这不是喜欢，但他却解释不了这是怎么回事。

一晃眼，便到了放学的时候。

阿正跟往常一样和阿欢一起回了家，一路上，他们什么话也没说，以前一直都是阿欢主动找阿正说话的，但是今天阿欢似乎精神不太好，也就没有说话。几次阿正想开口说什么，却又硬生生吞了回去。到了楼下，他们也只是非常客套地说了句再见。

到了晚上，阿正吃完晚饭，阿正妈妈便叫阿正去天台收衣服，阿正有些不情愿地出了门，上了天台，他发现天台上站着一个女孩，她正出神地望着远方的山，走近一看，正是阿欢。

“你怎么在这儿？”阿正边收着衣服边问她。

“出来散散心。”阿欢依然望着远方的山。

“你认为爱是什么？”阿欢转过头来问阿正。

“爱？你怎么突然变得这么矫情了。”阿正边说边把衣服叠了起来。

“我只是很好奇罢了。”阿欢边说边向手哈着热气。现在已然是秋天了，但阿欢依旧穿着一件单薄的校服。

“你奶奶不爱你吗？”阿正停下了手中的活儿。

“她应该不爱我吧，毕竟我一出生，我妈就因为我死了，我爸也因为躲债跑了，她一直都认为我是一个灾星。记得小时候，只要她一遇到烦心事就会打我。”阿欢望着天上的繁星苦笑着。阿正这时也想起小时候总是能听见阿欢家传出哭声，那是一种充满了恐惧与不安的哭声。

“那你为什么还对你奶奶这么好？”阿正走到了阿欢的身旁。

“虽然她对我不好，但毕竟还是把我抚养长大了。所以她对我有恩，我也要把这份恩情还回去。”阿欢撩了撩她那被风吹乱了的头发。阿正没有说话，只是默默地给手中的怀表上着发条。

“你这么喜欢你的怀表，能给我讲讲它的来历吗？”阿欢双手支在那矮矮的围栏上托着脸，看着阿正问道。

“这是我爷爷生前留给我父亲的，我父亲再交给我的，他告诉我，这个怀表是为了让我不要因为错过了时间而错过了重要的人或事，所以我总是看着它。”阿正依然看着他手中的怀表。

“这样啊，有爱自己的亲人真是一件幸福的事呢。”阿欢说着再次看向了远方那座无名的山。

“真想感受一下被爱的感觉呢。”阿欢喃喃自语地说道。

阿正依旧站在旁边没有说话，他只是静静地看着阿欢，看着阿欢的眼睛，仿佛里面有着星辰大海，那里的繁星似乎都是忧伤的。

“怎么了，我脸上有东西吗？”阿欢忽然把头转了过来。

“没，没有。”阿正竟被吓得有些结巴。

天空中忽然飘起了细雨，在月光下就像一根一根的银丝，秋风把它们吹得很远，仿佛是为了让它们能飘进河里，不用颠沛流离，不用狼狈不堪地寻找回家的方向。

“你会找到一个爱你的人的。”阿正边说边抱着衣服向楼梯口走去。

“但愿如此吧。”阿欢低着头跟在阿正的背后小声说道。

变　故

第二天，阿正不知为何五点半就醒了，发现父母还没起床，他便下了楼。他在桂花树下等了很久，却不见阿欢来，他看了看怀表，发现时间不早了，就自己去了学校。

过了早自习，他发现阿欢的位置依旧是空着的，阿正开始有些担心了。直到第二节课下课的时候，阿欢才摇摇晃晃地从教室门口进来，刚一进教室就趴在了桌子上，阿正赶忙去看了看阿欢，发现她满脸通红，阿正又用手摸了摸阿欢的额头。

“你这个烫得都可以煎鸡蛋了。”阿正甩了甩手。

“没……没事。”阿欢显得有些虚弱。

“到医务室去吧。”阿正蹲下去准备背阿欢。

“哇——”全班的人都开始起哄。

“谁再吼我把他舌头割下来！”阿正愤怒了，阿正在班上两年，大家从来没有见他这么愤怒过。全班一下都安静了。

“真的没事，你快回你的座位去看书吧。”阿欢轻轻推了推阿正。

“这不就是矫情么。”旁边一个扎着单马尾的女生小声嘀咕着。

阿正听到后冷冷地盯了那个女生一眼，那女生感觉浑身发毛，也闭了嘴。

阿欢就这样发着烧上了一天的学，老师们虽然看到了，但也没说什么。

这天是周五，很早就放学了。放学的时候，老师叫所有成绩不过二本线的同学留下来，阿欢正好就在其中。

阿正就在校门口等着阿欢。“我今天怎么就为了她发火了呢？”阿正边给怀表上着发条边想着，这时阿欢从学校走了出来，烧已经差不多退了，就是眼睛有点红肿，看起来应该哭了一场。

“被老师骂了吗？”阿正极力调整自己的情绪静静地问道。

“没有，就是感觉自己很不争气。”阿欢边说边揉着眼睛。

“今天我不跟你一起回去了，我得去给我奶奶买药。”阿欢向上提了提书包望着阿正笑了笑，她也在极力调整着自己的情绪，希望不要影响到阿正。

“行吧。”阿正低头看着手中的怀表。

“对了，今天是你生日，这个给你吧。”说着阿欢递给阿正一个护身符，“这是我妈妈生前替我去求来的。”

“哦，这不好吧。”阿正推辞着，他这时才想起今天是他的生日。

“没事，没事。”说着阿欢便把护身符塞进了阿正手中，阿正顺手把护身符放进了裤兜里。

“我走了啊。”阿欢向阿正告了别，向药店的方向走去。

“再见。”阿正望着阿欢远去的身影轻轻说道。

阿正回了家，刚到楼下便看到一个衣衫褴褛的乞丐坐在那儿乞讨，“有手有脚却不晓得自力更生”，阿正在心里冷哼了一句，又用蔑视的眼神看了乞丐一眼便上了楼。

阿正在家像往常一样吃了晚饭，父母不知是忘了今天是阿正生日，还是故意不提，毕竟他们家现在的经济条件也不允许给他过生日。

吃完晚饭，阿正拿起书本准备去给阿欢补课。

“爸，妈，我去给阿欢补一下课，反正明天是周末，我可能会晚点回来。”阿正站在门口对正在茶几上吃饭的父母说道。

“嗯，阿欢也是个可怜的孩子，你去给她补补吧。”他的妈妈并没有反对，可能是因为小时候的经历，阿正成绩一直很好，他的父母也从来不会为此担心。

“还是早点回来。”阿正的父亲边看着报纸边对门口的阿正说。

“嗯。”说罢阿正便出了门。

阿正走到了阿欢家门口，敲了几次门，都没有人来开门。阿正感到有些纳闷，就往回家的方向走，这时两个四五十岁的阿姨从阿正身边路过。

“太惨了，年纪轻轻的，才十七岁，就被撞死了。”其中一个对另一个说道。

“是啊。”另一个应和着。

听到这儿，阿正心里咯噔了一下。

“发生什么了？”阿正急匆匆地追上去问。

“就是我们小区里的那个叫阿欢的姑娘，被车撞死了。”那个阿姨有些被阿正吓到了。

“哪个阿欢？”阿正追问道。

“就是那个从小和她奶奶相依为命的阿欢。”那个阿姨回答道。

“唉，说起来也是惨，本来啥事没有，说是那个姑娘看见楼下那个乞丐可怜，非得跑去给那个乞丐买馒头，过马路的时候，就被小轿车给撞了，那个肇事司机也跑了。造孽啊造孽，怎么了，你认识她？”那个阿姨叹了口气问阿正。

“在哪儿？”阿正并没有回答她，反而追问道。

“就在小区门口过去的那条马路上，说是当时救护车来了，人已经没了，救护车不拉，又改叫殡仪馆的车过来，现在应该都还在那里。”

阿正听完便拿着书发疯似的向那边跑去。

阿正气喘吁吁地跑到了那条马路上，警车和救护车的笛鸣声与人们的嘈杂声响作一片，只见一群人围在那里看。阿正好不容易才挤进去，他看见阿欢的尸体上盖着白布，她的奶奶也在旁边站着，眼神里充满了幽怨与愤怒，唯独没有悲伤。阿正忽然感觉他的灵魂被抽空了一部分，那是一种难以言喻的感觉，但是他没有哭，只是紧紧握着手中早已被他握变形的卷起来的书。没过一会儿，殡仪馆的车就来了，把阿欢的尸体拉走了。那片嘈杂声随着人们的离去渐渐消失了，如同狂欢后的死寂，只有阿正一直站在那儿，站了很久。直到路灯都熄灭了，他才拿着书失了魂般地往家的方向走去。

阿正回到家时已经很晚了。

“怎么了？怎么回来得这么晚？”阿正妈妈从卧室走出来问。

阿正把事情的经过跟妈妈说了一遍。

“唉，命苦的孩子，人死不能复生，你先去睡吧。”阿正妈妈叹了口气说道。

阿正走进了他的卧室，倒在了床上，他拿起怀表看了看，把怀表的时针回调了两圈，他想让时间倒流，他知道这个做法很幼稚，但他还是做了。“真想感受一下被爱的感觉呢”，阿欢的话一直在阿正的脑海回响着，阿正拿出了阿欢的护身符，静静地望着，有什么东西从他脸上划过，他用手一摸，发现是眼泪。他把护身符放进了裤兜里，渐渐地，一阵睡意袭来，阿正睡着了。

回　溯

阿正晚上做了一个奇怪的梦，梦见阿欢躺在一个透明的玻璃棺材里，但她的脸上还泛着红晕，如同睡着了一般。阿正拼命拍打着玻璃，阿欢却依旧还是睡着般地躺在棺材里。

阿正突然惊醒了过来，看了看怀表，发现才五点半。他又想起了阿欢，他的心脏如同被锋利的匕首刺了千万个洞一般，不是疼痛，而是莫名的空洞。他感觉唯有睡觉才可以暂时逃避这一切，便倒头又睡。

“阿正，快起床，你看看现在几点了。”阿正的妈妈在客厅喊道。

“今天又不上学，让我多睡一会儿吧。”阿正用被子把头盖了起来。

“不上学？今天星期五，你是不是读书读傻了啊。”妈妈继续在客厅喊道。

“星期五？”阿正先是愣了一下，便马上从床上跳了起来，穿好衣服跑到客厅去看挂历，确实是星期五。

“妈，你是不是忘记撕挂历了？”阿正边挠头边问着他的妈妈。

“我刚刚才撕的呀。”她妈妈回答道。

阿正用手摸了摸裤兜，发现阿欢的护身符不见了。他又到床上去翻找，依然没有找到。

“难道真的时间倒流了？”阿正有些疑惑，他看了看怀表，发现快要迟到了，便拿着书包准备出门。

“不吃早饭了？”坐在椅子上喝茶的父亲问道。

“不了，快迟到了。”阿正说着飞快地冲出了门。

到了学校，阿正发现阿欢的位置是空着的，他焦急地等待着。

到了第二节课下课的时候，阿欢摇摇晃晃地从门口进来了，阿正简直不敢相信自己的眼睛。阿欢进来后便趴在了桌子上，阿正虽然知道是怎么回事，但他还是过去确认了一下，阿欢在发烧。这次阿正不由分说地把阿欢抱了起来，就要往医务室走。

“哇——”班上的人依旧起着哄，但阿正这次却并没有理会。

“快把我放下来，我没事。”阿欢的声音很小。

阿正身旁那个单马尾的女生正准备说话，阿正就扭头冷冷地说了一句“闭嘴”，说完便抱着阿欢走向了医务室。

阿欢就这样在医务室度过了一天。

下午放学，老师依旧是叫所有没过二本线的同学留下来，但是阿欢因为在医务室，就没有被喊去。

阿欢的烧已经退了，她和阿正一起出了学校。

“今天真是谢谢你了。”阿欢边说边拨弄着头发，显得有些害羞。

“没事。”阿正对着她笑了笑。

“对了，今天是你的生日，这个护身符给你，是我妈生前替我求来的。”说着阿欢便递给阿正一个护身符。

阿正这次没有推辞，直接收下了。

“对了，我今天要去给我奶奶买药，就不和你一起回家了。”阿欢向上提了提书包对阿正说道。

“不行，你不能去！”阿正突然激动了起来，因为他知道会发生些什么。

“为……为什么？”阿欢被过于激动的阿正吓到了。

“因为你会死的！”阿正说着便要上去拉阿欢，他想把阿欢带回家，却突然感觉头晕目眩，视线变得越来越模糊，最后倒了下去。

当阿正再次醒来时，发现自己在家里的床上，他赶忙摸了摸裤兜，并没有摸到护身符，他拿起怀表看了看，现在是早上五点半，他又赶忙跑去客厅看了看挂历，依旧是星期五。“看来是不能强行改变她的路线。”阿正自言自语道。

阿正起床后去了学校，他这一路走得很慢，他想着救阿欢的办法，原本半个小时的路程他硬是走了一个半小时，最后还差点迟到了。

到了学校后，阿正仍然把生病的阿欢抱进了医务室，放学后阿欢依旧是送了阿正护身符后就独自去买药了。

阿正这次没有回家，而是提前到了事故发生的地方，悄悄藏了起来，他想在阿欢被车撞的一瞬间去把阿欢救下来。

阿正在那里等了很久，果然发现了正准备过马路的阿欢。这时突然一辆车向阿欢撞去，但是这辆车并非那位阿姨口中说的小轿车，而是一辆大卡车！阿正来不及犹豫，径直冲上去，准备把阿欢推开，可惜慢了一些，他们两人都被卡车撞飞了，阿正感觉他的五脏六腑都被撞碎了，他已经痛得失去了痛觉。

“阿欢……”阿正趴在地上虚弱地喊着，他尽力想向阿欢的方向爬过去。

阿正爬到了阿欢的身边，而阿欢已经失去了意识，他最后又看了一眼围观的人们，他们中有议论的、拍照片的、拍视频的，但唯独没有报警的。阿正苦笑了一声，慢慢地也失去了意识。

“呼！”阿正喘着粗气从床上起来，“看来死亡也能让时间轮回呢。”阿正想着。

他再次去了学校，再次经历了那些事，再次来到了事故发生的地方，他认为当时没能把阿欢救下来属于意外，他认为他这种方法是一定可行的，就准备再试一次。这次，他确实把阿欢推开了，但是后面并着走的车没能及时刹住，阿欢还是被撞了，而阿正也再次感受到了五脏六腑碎裂的感觉。

阿正就这样又试了两次，是的，他又体验了两次被车撞死的感觉，事实证明他的这个方法是不可行的，总会有这么多意外，阿欢终究还是会被撞死。但就在最后一次的时候，他的怀表因为惯性被撞了出来，在地上摔了一下，他用尽全力捡起怀表看了一下，发现时间变成了他们放学的时间。他再次慢慢失去了意识。

阿正再次醒来，不过这次并不是从家中的床上醒来，而是从教室里醒来的。这四次死亡让阿正感到有种难以言喻的疲惫。他从座位上站起来伸了下腰，看了看怀表，是他们放学的时间。

回溯的时间点改变了。

他又站在那里想了很久，另一种拯救阿欢的方法逐渐在阿正脑海里浮现出来。

阿正听见走廊上有人在说话。

“你这个成绩还是别读书了，成绩这么差，会影响我这个班的升学率的。”这是他们班主任的声音。

“对不起老师，我会努力学习的。”这个声音显得有些胆怯，也有些恐惧，这是阿欢的声音。

“别对不起了，如果你真感觉对不起就去把退学手续办了。”班主任显得有些阴阳怪气。

这时阿欢小声地抽泣了起来。阿正冲出了教室，冷冷地看了一眼他们班主任。

“阿正你怎么在这儿啊，你怎么没回家啊，看你脸色不太好，是生病了吗？”班主任满脸堆笑地问阿正。

“枉为人师。”阿正冷冷地说道。说完便拉起阿欢走了，只留下脸忽红忽绿的班主任站在那里。

“谢谢你，但是你这样做的话不会有事吧？”出了校门后阿欢边揉着已经哭红的眼睛边问着阿正。

“不会的。”阿正说着拿出纸巾帮阿欢擦了擦眼泪。

“对了今天你生日……”

“护身符的事情等一下再说，你要去买药对吧，我陪你一起去。”

“你怎么知道？”

“别管了，我陪你去就是了。”

说着阿正和阿欢便一起去药店买了药，然后阿正还和阿欢一起去买了菜。

“阿姨这个菜怎么卖？”阿欢问卖菜的阿姨。

“两块钱一把。”

“这么贵啊，昨天不是才一块五吗？”

“小妹妹，已经很便宜了。”

“阿姨你便宜点，我多买点，要不然我可就去别处买了。”

“行吧，就一块五吧，还是第一次见你这么精的小姑娘。”

“谢谢阿姨。”阿欢笑了笑。

“没想到你讨价还价还真有一手。”阿正说道。

“没办法，每个月生活费就只有这么些，能省一点是一点吧。”阿欢笑着说。

阿正陪阿欢买了菜便跟她一起回家了，他们一路上有说有笑的，但他始终没有忘记要救阿欢。

到了楼下，他们遇到了那个乞丐。

“真可怜。”阿欢看着乞丐说。

“我去给他买个馒头吧。”阿正望着阿欢说。这便是阿正想出来的办法，他既没有强行改变阿欢的路线，阿欢也不用过马路。

阿正叫阿欢在原地等着，自己跑到马路对面去买，可能是因为体验过被车撞的缘故，他过马路时特别慢，特别谨慎。

阿正买好馒头过完马路，便向阿欢的方向跑去。“这次应该就没事了吧。”阿正心里想着。

但是，事实却并非他所愿，他回去的时候看见阿欢倒在血泊之中，买的菜撒了一地，而旁边还有一个碎掉的花盆，那个乞丐呆呆地站在旁边。

“这是怎么回事？”阿正抓着那个乞丐的衣领问道，他已经近乎癫狂了。

“你刚刚出去没多久，就突然刮来一阵风，上面的花盆就掉下来了，正好就砸到这个姑娘了。”乞丐惶恐地看着阿正。

“你为什么不去找人救她！”阿正红着眼，像一头野兽般嘶吼着。

“我去找人了，但是他们都不理我，我回来的时候这个姑娘就已经断气了……”乞丐说着也抽泣了起来。

阿正放开了乞丐，他的大脑一片空白。他现在只知道他要再次让时间轮回，但是他现在唯一知道的方法便是死亡，他冲到马路上，想像前几次一样被车撞死，但是这次的所有车都刹住了车。他又冲进了一家便利店，拿起了一把水果刀，没有丝毫犹豫，插进了他的心脏，便利店的店员被吓得尖叫。

阿正感觉自己体内的血液在慢慢流失，心脏也跳得越来越慢了，身体越来越轻。“真是一种奇妙的感觉呢。”阿正自言自语道，再次失去了意识。

阿正再次睁开了眼，从学校的座位上坐了起来，这五次的死亡已经让他疲惫到了极点，他想站起来，却没有任何力气。他索性趴在桌子上睡了一会儿。

“阿正，你怎么了？”阿正突然听见了一阵熟悉的声音。

阿正缓缓睁开眼，发现是阿欢，阿欢正红着眼。阿正已经接近崩溃了，他没有理会阿欢，而是提着书包跑回了家。

阿正回到家后十分呆滞地站在天台上望着远方，这时阿正的父亲正好上来收衣服。

“你怎么了？”父亲问道。

“没什么，就是最近看了一部小说。”

“什么小说？”

“一部讲男孩穿越时空拯救女孩的小说。”

阿正边说边望着远方的那座无名山。

父亲听后愣了一下，问道：“结局呢？”

“那部小说在连载，还没有结局。”

“唉，该逝去的终将逝去，改变不了结局，只能改变自己。”父亲叹了口气，说完便下楼了。

“是吗？”阿正像是在问父亲，也像是在问自己。

突然，阿正想到了什么，他似乎找到了问题所在。“是那个乞丐！如果没有那个乞丐的话，阿欢就不会过马路，一切都不会发生，我得在阿欢回家之前把那个乞丐支开。”阿正自言自语地说道。

阿正爬上了那矮矮的围墙，纵身一跃，跳了下去。

阿正从教室醒来后，看了看怀表，发现距离阿欢出事只有半小时了，他马上跑回了家，但是他并没有看到那个乞丐，他找遍了周围所有地方都没找到，最后在一个有些远的垃圾堆里找到了他，阿正把自己身上所有零花钱都给了他，并叮嘱他走得越远越好，乞丐也照办了。

过了一会儿，阿欢就回来了，眼睛依然有些红肿。

“欢迎回家。”阿正虽然早已疲惫不堪，但还是笑着对阿欢说道。

“谢谢。”阿欢也眯着眼睛笑道。

“我送你上楼吧。”说着阿正接过了阿欢手里的药和菜。

“嗯。”阿欢的脸依旧泛着红晕。

“终于结束了。”阿正边上楼边叹了口气。

就在这时，阿欢突然倒在了地上，面色苍白，阿正赶忙过去抱住了她，阿欢动着嘴唇说着什么，但是阿正听不清，阿正紧紧抱住阿欢，他能感受到阿欢的生命在慢慢流逝。

“不！”阿正大叫着，他哭了，显得那么绝望，那么无助。

阿正渐渐感觉头越来越晕，眼前越来越黑，失去了意识。

静　好

阿正醒来时，依旧是在教室。桌子上都是他的泪水。他习惯性地拿起了他的怀表，看了看，发现指针已经停止转动了，他一边绝望地大叫一边拿起怀表狠狠砸在了地上，里面大大小小的齿轮飞了出来，如同一朵绽放的曼珠沙华。这一刻，时间停止了。

阿正趴在桌子上痛哭起来，这时一只温暖的手摸了摸阿正的头，阿正抬起头，发现阿欢正笑眯眯地看着他，这次她的眼眶并没有红，她的脸上泛着红晕，一抹夕阳照在了她的头发上，如同那天一样。

“阿欢！”阿正起身抱住了阿欢，他感觉很温暖，如同抱住了光明一般。

“没事了，没事了。”阿欢用手擦了擦阿正满是泪痕的脸安慰道。

阿欢拉起阿正的手走到了门外，但是门外的景象并非学校，阿正感觉很熟悉，他回想了起来，这是他儿时记忆的小区，他当时就是在这小区里认识阿欢的。那时候的那棵桂花树，远没有现在这么高。

他看见，一个小女孩被一群男孩欺负着，那个小女孩便是阿欢，这时另一个小男孩跑了过来，他为了保护阿欢，被那群男孩打得鼻青脸肿。那群男孩走后，小男孩对阿欢说：“没事了，没事了，我会保护你的。”

“嗯嗯……”阿欢边哭边应答着。

那个小男孩就是阿正。

“我最终还是没能保护好你。”阿正望着身旁的阿欢苦笑道。

“你已经做得很好了。”阿欢很温柔地说道。

“不，还不够……”阿正呜咽着。

“带着我那份活下去吧。”说着阿欢走向了远方。

“不！不！”阿正哭着想追上去，却发现阿欢早已不见了踪影。也许是太疲惫了，阿正感觉身体越来越重，便倒在了地上。

阿正猛地睁开眼睛，发现他躺在了他家的床上，他摸了摸裤兜，摸到了护身符。

“带着你那份活下去吗？”阿正坐在床上苦笑道。

他拿起怀表看了看，已经六点了。他穿好衣服，到客厅看了看挂历，已然是星期一了。

“莫名其妙地少了两天假期呢。”阿正边想边去刷了牙，洗了脸，发现父母没有起床，便自己去了学校。

阿正快走到学校的时候，看到了一只受伤的小猫，他过去不怎么熟练地抱起了小猫，小猫不太听话，一直在挣扎，给阿正手上抓了几条口，但在阿正的安抚下，小猫渐渐平静了。

“看来得迟到了。”阿正一边说着一边抱着小猫，迎着朝阳往向学校的反方向走去。

那是动物救助站的方向。

作者简介

金芝，宁夏大学教师教育学院教育技术学专业2022级学生，高中时为校文学社社长，中学期间在学校刊物上多次发表作品。

入围奖

河水蜿蜒（节选）

郭晓雨

许多年以后，站在这片被蒙蒙细雨所覆盖的土地上，我仍然会回想起，父亲揪着母亲破烂的领口，像拎小鸡一样，狼狈地走在荡满灰尘的黄土路上的那个下午。

黄土漫天交织，模糊了父亲沾满泪水的脸。被他拖在身后的母亲双手捂着头，盖住了半边枯草似的头发。她的膝盖已经磨破了，随着父亲的动作渗出丝丝血迹。而我就在他们身后看着，知道有什么事情已经完全改变了。

少年离家后，我曾以为我这辈子再也不会再踏足这片土地。直到那年春天的末尾，伯母给我打了个电话，告诉我小峰要结婚了，问我有没有空回来一趟。当初离开县城时，我把在旧衣厂的工资除了路费都转给了伯母。当时转完后我告诉我的工友，这下我在这里再没有什么牵挂了。但直到伯母给我打了这个电话，我才恍然觉知，原来有些联系如此脆弱，又如此坚韧。我所恨的地方，我成长的地方，塑造了我的血肉，却也是我身上最大的那块疤。我跟伯母说，我会回去的。

小峰的婚礼就是农村最常见的婚礼。伯母前年翻新的房子到处张灯结彩，就连门堂前的老枣树上都挂着红绸。新娘比我小六岁，刚满十九周岁，胖胖的，脸上挂着羞涩的笑容，和她的新婚丈夫一起站在撒满花生糖果的屋子里。我看着他们，知道不久后小峰就要离家打工了，他和小柯初中之后上了个高专，高专没上完就辍学了。这对新婚夫妻会先一起待上半个月，然后妻子守家，丈夫外出打工。我听到外面有人放鞭炮，红色的纸屑飞满天，挂在老枣树弯曲的枝干上，房间里里外外都是红色的，是很喜庆的颜色。

在张灯结彩的红房子前面，是一条河在静静流淌着。河水蜿蜒向前，一路往东，永不止息。

我知道很多事情就像门口那条河里的水一样，过去了就永不再回来了，就像我知道我永远不会再见到我的母亲和我的弟弟一样。

小弟弟是被母亲杀死的，那天他好像病了，圆脸红通通的，嚷哭不止，于是门前的那条河成了埋葬他的地方。我看见母亲冲襁褓中的他怒吼着让他安静，但小弟弟哭得更盛了。于是她像她以前做过的很多次一样，颤抖着脑袋把小弟弟抱出了门。我跟着她跑了出去，以为她会像往常一样把他扔在杂草丛生的石子路边，等我在她平静下来之后再把弟弟带回去。但这次她没有，我看到她顺着那条石子路往前走，把弟弟放在了河边一个小小的缓坡上，然后弟弟一扭身子，就掉进了河里。弟弟的哭声在不远处消逝，而母亲颤抖着脑袋，看着弟弟沉进去的地方，在河边坐了很久很久。

弟弟是被母亲杀死的，于是父亲拖着母亲走过那条黄土路，把母亲关进了县里的监狱里。经常在柴房角落里喃喃自语的母亲消失了，曾经过年时会笑着给我抓糖的伯母住了进来。父亲站在我边上，他压着我的肩膀，指着伯母对我说，叫娘。那天正好是个雨天，地里的庄稼在长久的干燥过后终于迎来了一场大雨。雨珠打在已经泛黄的玻璃窗上，发出刺耳的叫声。

伯母带着小柯和小峰住进了曾经母亲照顾弟弟的东屋里。外面茶几挪动、锅碗瓢盆的磕绊声一直没有停下来。我躲在父亲房间的耳房里，仿佛这样就能躲过一切现实。但很快，父亲进来告诉我，母亲以后不会回来了，以后伯母就是你的母亲。没等父亲把话说完，伯母把父亲挤开，走上前，递给了我一把红纸包着的糖。我把视线从父亲身上挪开，抓起那把糖，盯着伯母的眼睛，扯起笑容，说："我去找小峰玩。"说完，没等他们回应，我就直接跑了出来。穿过门堂前的大枣树，我直接推开了街门，太阳还没有完全露面，门前的石子路上积蓄着一块一块的泥水，空气里有雨水的气味。我踩着它们飞奔出门，四周到处都是被溅起的水花，心想："我讨厌水。"

我这一生经历过很多事，但从没有一件事是我曾经预料到的。就像当初谁也不知道开车一向谨慎的伯父会死在六月滚烫的柏油马路上，而父亲会在短短一个月之后，就随弟弟而去。留下刚刚接受他和伯母的重组家庭的我，和孤身一人带着三个孩子的伯母。

父亲走的那年我十四岁，上初二。伯母没亏待我，她给我饭吃，会带我去地里帮工，但同时也会把更累的活揽在自己身上。

她并不打算供我上学，她自己有两个孩子要养，父亲去世前并没有给她留下太多的积蓄。况且我是个女孩，在她朴素的思想里，她把我养大，然后找个好人家把我嫁了，就已经算仁至义尽了。我毕竟不是她的亲生孩子。

于是我在田野间奔跑，和两个弟弟嬉戏打闹。他们上学时我就自己一个人跑到树林里去玩，那片林子依河而建，远离人群。夏天喧嚣，但这里的喧嚣不是属于人群的，这里的声音来自虫鸟。我坐在其中，听它们叫着它们的夏天，好像自己也有了另一条生命，它在我身体里生根发芽，转眼间就长成一棵参天大树，横亘在我的心里，让我动弹不得，一旦想起来，就手脚发颤。我要读书，我想。周围蝉鸣刺耳，那时我刚过十五岁的生日。

我知道我还有最后一年时间可以读书，我去找了村里的干部。他们在村委会已经掉漆的红门里讨论了很久，最后头发已经花白的村长从红门里缓步走了出来，让我先回去，他们再商量商量。

三天后，书记来到我家，跟伯母说，让我再上一年学，上到初中结束，学费村里来想办法。

于是我又回到了县里的初中，交错的楼房代替了乡间森林，我再次徜徉其中。挂满学生祈愿符的海棠树在阳光下簌簌颤动，楼梯拐角的墙上用漆雾写着一行醒目的红字，“书籍是人类进步的阶梯”。我开始整天整天地泡在学校陈旧的图书馆里。只是我终于不再只看中考冲刺一百天之类的关于升学学习的书。我知道我上不了学了。村支书帮我争取来的这一年校园时光终究只是个幻梦。那棵挂满中考目标分数的老海棠树也不是为我准备的。长久的生命和理想的生活一样，都是镜花水月，一触即碎。因此在学习之余我开始几近痴狂地读书，我读一切我所能找到的书。囫囵吞枣、不求甚解。从推理到战争，从哲学到爱情。那是我读书最多的一年，直到现在也是。那个时候一个初中的小小阅览室当然不会有太多的书。在最后的那一年里，我几乎读完了学校阅览室里所有的可以外借的书。这些书我现在大多数已经忘了。其中有一部悬疑小说，故事情节老套狗血，内容我大部分已经忘了，但小说结尾有一句话不知怎么的一直记在我脑子里，“疾风知劲草”，我当时甚至看不太懂它，也不知道它来自哪本典籍，但它就是如此深刻地印刻在了我脑海中。后来每一次经历人生路途上的坎坷，我都会想：“劲草为什么就非得被疾风摧残呢？”后来我明白了，因为劲草就生长在这片疾风地里，劲草没有选择。

十七岁那年我离开了学校，也离开了坐落在蜿蜒河水前的家。伯母没有拦我，给了我几百块钱，最开始不满十八的时候我就去县城的餐馆端盘子。离开餐馆后，伯母托人给我介绍了个旧衣回收厂的工作，流水线的工作简单枯燥，一堆堆各色各样的衣服被分拣后流往东南亚、非洲等很多我只在地理课本上见过的国家，一年后我就辞职了。

再后来，我离开了家乡那个小县城，我跑到北京做过淘宝客服，也去南方给人家打工卖手机，我甚至还干过一段时间的直播带货，可惜最后钱没挣着，老板负债，公司倒闭了，反给人家白打了几个月工。老板娘没钱给我发工资，把我介绍到了一家网店公司当客服，止步于初中的求学经历让我吃尽了苦头，没有人会雇佣一个初中生干除了工厂流水线以外的工作，就算是客服我也只能当最底层挨骂的那个，十一点后加班是常有的事。但我也很庆幸我到底上完了初中，我会读书，会写字，只要我肯，我总能进步的。长久的努力给了我成果，一年半后我当上了运营助理，工资也有了六七千。不算闲散，但我还是报了自考大专，总要试一试，是弥补年少时的缺憾，也是为了现在的自己。如今的生活已经是年少的我不敢想象的样子了，但我不能永远停留在这里，我要为自己而活。蜿蜒河水前的红房子不是我的归属，我要随着河水继续漂荡，直到看见大海。

小峰的婚礼后，我去见了我的母亲，她早已从县里的监狱里出来了，被她的母亲接回了家。我去的时候，那个年迈而消瘦的女人给我开了门，巨大的木门随着她的动作发出悠长的哀鸣，门前高大的梧桐树在地上砸下一朵朵浅紫色的长管风铃形状的花，有的已经枯萎，有的还盛开。

老人带着我，穿过爬满丝瓜藤和葡萄藤的细竹架子，一直走到了最角落的那间挂着粗布门帘的屋子边。她对我比了个手势，那是一个安静的手势，然后转身开了门。我看见一个人影闪了出来，又在看到我的瞬间就躲到了老人身后。那一瞬间，我愣住了，我发现我竟说不出一句话。

关在那间屋子里的人，是我的母亲，就在那里，躲在她的母亲身后，怯怯地看着我，和我记忆中所痛恨的样子完全不一样。

“好好过自己的，你娘有精神病，莫要怪她。”她的母亲，我的外祖母，在我离开前跟我说。而在我们身边，翠绿的瓜藤随风而动，簌簌作响。外祖母住的地方离那条河很远。河水没有流经外祖母的小院，但依旧滋养着这里的生灵。

“在河之曲，水旋而周，故名曲周。”

作者简介

郭晓雨，宁夏大学文学院汉语言文学（师范）专业2022级学生。

入围奖

老罗寻子记（节选）

王　静

小孩继续说道："他们都说我没爸爸，我说我有他们也不信，但我真的有。我爸当初就在这，有个小孩掉进去了，他说让我在这等等他，等他上来我们就回家过生日。其实我知道我爸死了，我妈也不要我了。她说我应该恨我爸，非要逞英雄，所以她才不要我的。但是我奶奶老给我说，死了的人死了，活着的人还要活，我爸是好人，虽然我现在过得苦，但是以后总会有好过的时候。"

"叔叔，你说我该信这个话吗？"罗建英看着远处的河面，摇了摇头，说不知道。

小男孩从脚底下捡了块石头，朝水里砸去，一两块漂得不远，三四块慢慢就漂得远了。他把石头递给罗建英，问："叔叔，你要不要玩。"

罗建英看了会，还是将石头接了过来，朝水里扔进去，第一块直接砸了进去，第二块只漂了一次，第三块漂得远了，第四块直接漂了十次。旁边小男孩的呼声突然唤起了他曾经的记忆，他小时候一直是所有朋友里漂石头最厉害的那个。

他接过更多的石头，向远处漂去，最远的一颗几乎到达河中心。

远处传来了呼喊声，一阵比一阵声音响亮。男孩转过头看了一眼远处，拍了拍自己裤子上的灰，对罗建英笑道："好吧叔叔，其实我骗了你，我爸爸没有救人，我爸爸跳河了，自杀。我也不知道为什么，我有时候在想是不是因为我。我觉得自杀的人很不负责任，他们只考虑他们自己。我今天看你，感觉你也想跳河。叔叔，其实没什么过不去的坎，有时候或许确实很难，但是那是为了以后。以后的好日子还多着呢。这是我奶奶告诉我的。我奶奶在喊我吃饭了，我先走了。拜拜。”

走时，小男孩又想了想，补上一句：“其实你走过了这个坎，就会发现，以后的日子比起现在，都是好日子。”

罗建英看那小孩的身影钻进树里消失不见，他转过身看着那条河，将手里的石子一颗颗扔出去，石子在水面上漂呀漂。他觉得自己也像那颗石子一样，虽然人生的路走了一半，既失败又无能，几次都好像要下去了，但还是要起来，再往前走一走，谁知道最后到底能走多远呢。手里的石子被他扔完，那些欺骗和追逐好像也随着石子的离开而离开。

“好日子还多着嘞。”他说完沿着河边慢慢地向前走去，夕阳铺洒在河面上，像一条红色的披风，长长地缀在他的身后。他从兜里掏出那两份被他揉得不成样子的亲子鉴定，用手一点点将上面的折皱撑平，抬手将东西扔进河里。那几张纸有些随着河水向前流去，有些则随着河中漩涡沉入河底。

“人呐，总要为自己活。”话音随着风洒满整片旷野。

作者简介

王静，银川科技学院汉语言文学专业2021级学生。

入围奖

日　出（节选）

朱俊羽

江凌想，他这一辈子的经历或许都比不上这一天了。

“太阳好像要出来了，真怀念咱们在地球的日子啊。”

江凌避开贺千里担忧的眼神，他知道瞒不过他，但是在这难得的闲暇时光，他只想跟好友一起回忆过去的时光。

“是啊，还有，特战队的大家。”

贺千里接过话头，也躺在江凌身边，枕着一地早已被浓重的血腥味掩盖的青草。他暂时失去了嗅觉，什么也闻不到，只是恍惚间，淡淡的清香钻进他的鼻腔。

“我会一直记得他们的……”

江凌说。

“还有留在这里的科学家。”

被爱的人、爱的人，可以不要爱的人都是幸福的。

江凌在擦拭这段话后面被掩埋的部分时，还发现了另外的话——

“队长临走时，给我留下了一艘飞船，还留下许多资源在实验室里。但我不会走的，不会让我爱着的人们陷入危险，我在那里设置了机关。”

“一旦意志薄弱，背叛了我的信仰，就让机关来了结我。”

感染最严重的她，毅然决然留在了这里，为了爱的人、爱的人爱着的人、爱着的所有人都能获得幸福。

“拯救人类是我最崇高的理想与信仰。”

身下鲜血淋漓的伤口亲吻着逐渐恢复生机的大地，作为这个星球不舍离别的赠礼，血液凝结成的花是他们来过这里的证明。

没有人会来救他们，这趟旅行没有返程票，他们来到这里的飞船一降落就会自动报废。救援，这只是江凌的托词罢了，贺千里知道。

“不过，幸好那些家伙可以回去啊。”

江凌感叹着，咂摸咂摸嘴：“未来的他们不知道得多优秀。”

“不是还不放心这些年轻的家伙吗？”贺千里打趣着他，用尚有知觉的胳膊捣捣好友。

“我可没说过。”

“哈哈哈……”

江凌曾言，与贺千里相见恨晚，既然不能同生，共死也是好的。还被贺千里用无奈的目光瞧着，指正道："不要这样想，我们会一起活下去，为了能守护更多家园而活下去。"

"为了守护人类的明天而活下去……"

怀念过去的心情让江凌感伤起来。实验基地内，警报器冗长的刺耳声越来越小，他感到生命在不断流逝，一滴清泪沿着脸颊滚落下来。

贺千里拂去了这滴泪，紧紧握住了他的手。

"我知道，所以不要死，好战友。"

"活下去……"江凌呢喃着，"当然，我们可是'千里''江凌'一日还啊……"

一股热浪袭来，远处天光破晓，太阳即将升起。

作者简介

朱俊羽，银川科技学院教师教育学院汉语言文学专业2021级学生。有作品在兰州市征文活动中被评为优秀征文。

入围奖

沙枣树（节选）

王博雅

一

他开始做梦。

他又看到熙熙攘攘的羊群，葱郁的菜园，太阳无数次的起落。看到咧着嘴的扁头、摇摇晃晃的四太奶、精神抖擞的羊把式……

在梦里，时隔多年，他又一次坐到那处树杈枝，又一次看到无尽的荒野，无数的土房，又一次闻到那沙枣花香。

一个人，看着看着，看到地老天荒。

沙枣树的形象，在他心中，竟又渐渐明晰起来。

他突然强烈地渴盼，想要再一次回到家乡，见到、摸到那粗糙树干、柔软树叶，闻到那沙枣花香，尝到那甜蜜的小枣。

自他离开家乡，他从未有过如此强烈的思念与柔情，近乎使他癫狂。

当赵旺祥终于重见天日，他毫不犹豫地回到家乡，回到那个让他魂牵梦萦的荒原。

他好像来到了一个全然陌生的地方，一瞬间他竟有几分茫然。可是随之而来的汹涌的情感，近乎将他淹没。他的骨肉终究是黄土捏成的，他骨子里的乡土血脉此刻被激醒，活泛起来。他几乎落下泪来。

他看见了扁头。

扁头和他记忆中那个嬉笑的少年模样已大不相同了，显出老相。

“栓子！”

这个熟悉又陌生的称呼已经许久未曾听到过了，赵旺祥一时没有反应过来是在叫他。

他张了张嘴，喉咙喑哑干涩，竟说不出一句话来。

扁头却不在意。

“你过得咋样？我听说你当上大官儿了，又听说你进去了，担心得很哩。出来就行，出来就行……

“我吗？就那样，光景过得不好不坏，只是再不敢像读书时那样日鬼了，要讨生活嘛，哈哈。我还记得上学那会儿你最聪明，李老师最喜欢你哩。他知道你做官不回来了还怪伤心呢。

“那棵沙枣树？当然还在。说起那棵沙枣树，咱俩小时候就有了，日子可久呢。前几年有人找到我要砍它做张桌子，我嘛，我当然不答应。我知道你和它感情好，怕你伤心哩。他还想找别人，让我闹了几次，再没提起过。”

扁头嘿嘿笑了。

赵旺祥也笑了。

多年未见，两个人喝着酒一直聊到深夜。扁头醉醺醺地歪躺在炕上，似睡非睡。

赵旺祥披上外套，出了大院。

他越走越快、越走越快，直到看见那熟悉的身影。

她在月光下如此清晰。赵旺祥小心翼翼地将手掌附上树干，呜呜地哭了。

沙枣树，梦中的沙枣树！

我曾经迷途，是你的花香引我归家。

我曾经疲累，是你的果实填我肚腹。

我已老去，而你还是一样地年轻，一样地野性。

你的胸脯依旧丰满，你的身形仍然高大。你存在，你屹立，你永远在这里，永远在这荒原，永远在我的内心枝繁叶茂。

二

栓子回来啦。

黄泥村里人人都知道这件事。

他给村里修路连网建学校，李老师直夸他。

他又老是坐在那棵沙枣树前了。

说起那棵沙枣树，他们小时候就有哩。

作者简介

王博雅，宁夏师范学院文学院汉语言文学专业2021级学生。

入围奖

山那边（节选）

白佳玥

山那边。她说，然后用手指指一下那绵延的大山。

山那边还是山吗？人们继续问。

她点点头。

山那边的山高吗？人们仍问。

她笑着说，和这边一样高……

妇女摇着手中的拨浪鼓，那鼓声在山间回荡，像一条弯弯长长的丝带在飘动，打一个结就是一个回音，一段故事。

一天，妇女在人们挑完需要的东西后，挑着担子绕村子走。走到村北口又直身向南，望了一眼那深深而破败的巷道。一条被雨水打湿的引魂幡贴在土地上他，她打了个寒战，似乎已经明白了一切，然后疾步走向村支书家。

村支书正在侍弄猪崽，见妇女走进院中就放下手里的活，问道，有什么事。

妇女直问道，七十三爷呢，七十三爷去了吗？

村支书显然感到意外，点了点头将妇女引进屋里，问，怎么了？

妇女揉了一下已经浸满泪水的眼眶，低声说，俺不瞒你说，俺什么都告诉你吧……

就是人们给七十三爷介绍对象的那个秋天，被人们忽视或者遗忘了好多年的秋天，如今又在妇女的言语中复活。那年，七十三爷在婚姻失败后，在深山中搭建两间草屋放羊，很少回村。后来的事实证明，人们绝没有想到，正是这段时间，七十三爷经历了他最不平凡的一段生活。这段生活给他平淡无奇的生命增添了一份亮色。

这一带的群山，最美丽的景致是在深秋，红艳艳、黄灿灿的。花露柴遍布了所有的山坡，给人一种热烈而温馨的气息。一个黄昏，七十三爷背上铺满了阳光，一直低着头，像一尊镀金的雕像。他在给一个受伤的女人包扎膝盖，女人咬着牙忍着痛，脸上泛出一丝红晕。包扎完后他又把女人背到草屋，烧了热水，清洗肿起的地方。这是七十三爷生平背过的唯一一个女人，离得那么近，几乎能够感受到她剧烈的心跳。女人告诉他，她在山上采药，不小心从石崖上滚了下来，七十三爷说她现在还不能走路，让她在这养几天伤，女人感激地望着七十三爷。

妇女泣不成声地说，几天后，伤便好了，俺说，一辈子都忘不了他……俺那时有了男人，还瞒着男人到山上去了几趟。后来俺发现有了他的孩子，还说孩子让他养着，续个香火。他说，俺成分不好，对不起俺。其实是俺对不起他，那孩子三岁时破伤风死了，他不知道，一直都不知道，俺不知道怎么对他说……多少年了，俺知道他把那事埋在心底，是怕俺伤心，俺也怕他伤心啊……

村支书也哽咽了，说，过去了，别太伤心了。他不知道用什么更好的语言来安慰眼前的妇女，于是拿出卖羊毛的700多元钱塞到妇女手中。不同经历的人很难从感情上去理解另一个人的遭际。可能一切阐释都是肤浅的。

作者简介

白佳玥，宁夏大学尚德书院美术学（师范）专业学生。

入围奖

锁（节选）

孟嘉欣

老刘是公司里的老员工了，在公司干了二十多年，有过不少功劳，在一群小年轻面前很是威风。四十好几的人了，还总是咋咋呼呼的，丢了把钥匙恨不得翻遍全公司，拉着所有人帮他找。大家嘴上应着，心里却没太当回事。一把钥匙，实在找不到再配一把就是了。

两人吃完饭又把上午找过的地方找了一遍，可惜依旧未果。老刘再不甘心，也只得看着眼前这把已经被他摸得有些褪色的锁，琢磨着找个师傅来配把新钥匙了。

小李瞧着，转了转眼珠，掏出一串钥匙，一个个往锁芯送，惹得老刘奇怪地看他，哭笑不得："小李，你这犯傻了不是？谁不知道一把钥匙开一把锁，你这怎么可——"

"结果你猜怎么着？"

父亲夹块儿黄瓜，嚼得眉飞色舞，随手拿过品特杯灌了口冰镇生啤，末了才咂咂嘴。

"还真就给打开了！"

这下不仅我惊着了，办公室看见的、听说的都惊着了。这还了得？小李的钥匙打开了老刘的柜子，那自己的柜子……

小李更是傻了眼，他也就是做做样子，想着也算最后表现一下自己真是尽心了，哪能承想还真就打开了呢。

储藏室里原本流畅的空气像是一下子被抽干了，四周突然黏腻起来，小小的房间弥漫着令人窒息的气味，仿佛此时只要有一点儿火星，被浓缩挤压的空气就会“轰”地炸开。

小李倒是希望这屋子赶紧炸了，把他埋在底下才好，而不是像现在这样，他手里捏着钥匙，不争气的钥匙严丝合缝地插在那本不应该属于它的锁上。现在这把钥匙和僵住的手都成了万众瞩目的焦点，无数道目光向它射来，好似它做出了什么不贞洁的事儿来。小李觉得手里本来普普通通的钥匙突然变得烫手起来，烫得他快要握不住了。

最后打破寂静的还是老刘："呀，这可真是……真是……巧了不是？这多好，小李，一会儿老哥就能拿你的钥匙去配一把了，也省事儿了。"

“啊？啊！是……是……”小李恍然惊醒，不住地点头。

“然后呢？”我急忙追问。

“然后？啧。”

下午两人又在储藏室碰了面，老刘正拿着他新配的钥匙开着门，门闩上挂着亮闪闪的金锁。再看小李，手上拿着同样亮闪闪金灿灿的锁。两人瞟了眼对方，扯着嘴皮子笑了笑，两个热闹人倒是难得没搭话。

一直忙着吃饭的母亲此时抽空抬了头："你的呢？换了没？"

“换了。”

妹妹也抬头，看看父亲，看看母亲，又扭过头来看我："姐姐，换什么了？"

作者简介

孟嘉欣，宁夏大学文学院汉语言文学专业（师范）2021级学生。

入围奖

巷子口的疯子（节选）

姚烨彤

关于疯子，我最后的记忆停留在一个炙热的晌午。我像往常一样周末放假回家，那天格外热，汗水浸湿了全身，我抱怨着不讲理的老天爷，这样的天气应该来一场酣畅淋漓的大雨。这一路有多长我便骂了多长，直到我看到巷子口矗立的小洋楼，脚步不自觉地加快，只想快些逃离这火炉的烘烤。刚刚加快的脚步又缓慢了下来，因为我看到了时隔一年未见的疯子。看上去那并不是一个完整的人，而是胡乱拼凑的几根枯木架上一颗恐怖的骷髅头，身上的衣服比厕纸还要脏，花白的几根头发是唯一的点缀，她蜷缩在路边，像一堆被啃掉的鸡骨瑟瑟发抖，与这炙热的晌午格格不入。小洋楼的门留出一个不大的缝隙，露出两颗人头，一男一女，男人是村里大名鼎鼎的好儿子，女人是男人的妻子。女人嘴里不停咒骂着疯子的不是，眼神里流出比疯子更可怕的嫌恶，男人是个合格的观众，他眼里的无情汇聚成大雨浇灭了我的燥热。倒是那只肥头大耳的狼犬贪婪地盯着疯子，像看到了美味的午餐。我试图走近疯子，抚平她眼里那无尽的惊恐，但那可笑的懦弱终究阻止了我的双脚，继续走向回家的路。相邻几家的门缝同样摆着几颗头，眼睛看着，嘴巴动着，像门前恶臭的沟渠里那些丑陋的蛤蟆。远处大槐树的阴凉下四五个女人谈论着："一个疯女人，做不了活，成了累赘，真是苦了刘家儿子。""真能活，熬死了老汉，还要熬死儿子。""锁到后院，跑出来把垃圾当糖给娃吃，要她干啥。”我再次加快了步子，也许是出于内疚，也许是周围这巨大的冷漠让我窒息。

不久后，疯子死了，女人们争论着她的死，儿子用一张破席把她卷了起来，在刘老汉坟旁挖了个不大的坑，掩埋，那是大康村最安静的葬礼。在大康村，女人死后要埋在自己老汉坟旁，成为某老汉永生永世的女人，在阴间也要为老汉生儿育女，做饭、洗衣。奶奶说，死后的疯子很小，像一只猫安静地睡着了，死了也就享福了。我想，疯子肯定做了一个很长的梦，梦里她叫萱儿，是天上最美的仙女，她对鸟儿歌唱，与蝴蝶共舞。困了，便躺在云朵里酣睡，醒了，便在青山绿水间遨游。她不再属于刘老汉，她是自由自在的，清风会静静地听着她的胡言乱语，春夏秋冬，一年又一年。

巷子变得更窄更长，从巷口望去，悠长而深邃，路旁的槐树挣扎得像会吃人的怪物。大康村的女人们又开始了新的讨论，这是她们界定女人最好的方式。

疯子死了，还会有新的疯子。

作者简介

姚烨彤，北方民族大学文学与新闻传播学院中国少数民族语言文学专业2022级硕士研究生。

入围奖

追星族的春天（节选）

马晓东

其实任清早在和艾缀星认识前，就见过她的照片。

他鬼点子多，早年从公司辞职跑去做黄牛积累的资金，赶上网络贷款的潮流又狠狠地赚了一笔。文娱产业投入少回报高，任清则抓住羊毛出在羊身上的真理，打造了一条倒卖周边门票放贷给粉丝的“产业链”。

说他心黑吧，又比不上高利贷。说他善良吧，那是绝对谈不上的。

至于裸贷什么的，是同行带起来的恶俗勾当。

简而言之，任清曾早就知道有艾缀星这么一号人。

后来，任清发现越是接触，越是喜欢艾缀星这人。

比如在一起的那天，下起了本市的第一场雪。

“下雪了？！”

少女惊呼，指着率先落在他头顶的雪花。

任清后知后觉地感受到发间一处的冰凉，想象着艾缀星接下来对初雪的欣喜若狂。

伸手接雪花，原地转圈圈。

结果，艾缀星脖子一缩，双手拉住无帽的大衣领子把自己的头罩在下方，活似一只狒狒，还边跑边回头招呼他，“还不走？老年人不怕秃头吗？”

再比如艾缀星玩他手机游戏的时候。

前女友突然发消息，悬浮窗口明晃晃地停在游戏界面上方。

我们还有可能吗?

可能个屁!

大概是嫌吵架麻烦得很。他沉默，等对方先开口。

“你前任好像给你发消息了，等我打完这把你再回行吗？”艾缀星空不出手，只能用手肘碰身旁的任清，末了还补一句。

“团战呢！”

很奇妙。

父母不幸福的婚姻给予了她一无所有的无所畏惧，还有渴望被在意的脆弱。她将自身的情感一股脑地投入到虚假的明星人设当中，又对近在眼前的他的过去，毫不在意。

就装吧，小屁孩的把戏。

若是问任清什么时候发现自己配谈“爱”，他应该会回答不知道。

依旧是后知后觉。

如同，在一起那天的雪，飘落浸润悄无声息。

四月再一次光顾人间，小区绿化带栽种了不少的月季花，姿态摇曳，绽放其间。艾缀星趁人不注意偷偷挖了一朵，藏在衣兜里小心护着。

回家的路上碰见刚从店里回来的新任老板任清。

“做什么坏事啊？偷偷摸摸地。”

“嘘”，艾缀星眼神示意任清低头，方便她说悄悄话。

“我刚偷了一株月季，打算回去种起来。”

任清听后表示赞同，下一秒转身朝物业管理处走去。

“干吗去？”

“帮你去交200块钱！”

春天总在寒冬之后，所以先学会爱自己吧。毕竟，冬季漫长且难熬，我们不能将一腔热血投注在虚假的花、顽固的石身上。等到暖春来临，自会有花渴望阳光、渴望添彩，自会有人期望被爱、期望爱者能先自爱。

作者简介

马晓东，宁夏理工学院文学与艺术学院，汉语言文学专业2022级学生。

入围奖

归　路（节选）

王　凡

其实我不想醒来。我是被热醒的。

我在恍恍惚惚的睡梦中，感到无数燃烧着的红色火焰穿过毛衣，正直直地灼烧着我的后背。那感觉比我睡前用手误拿了火炉的盖子有过之而无不及。起初，我只是想试试野外节目中播出的炭火烤炉馍，便拿火钳夹住了一个油炸过的馍馍放在炉火上，谁知那金黄的脆皮才刚被炉火烤黑一个小角，母亲便推门而入。慌张之下，我直接用手拿起炉子上的盖子，试图盖住即将喷薄而出的火苗，掩饰我所犯下的罪行。那一瞬间，我甚至听到了手指凝固的声音。果然，几秒后，大拇指和食指最上方的部分已经变成硬邦邦的一块，像一个光滑的斜坡面。而现在，无数火焰透过泥土包围着我，我想起了那道菜——土包鸡。

睡前母亲对我说，为了让我睡得好一点儿，爷爷特地去捡了许多柴火，其中甚至有一些旧皮革，然后通通扔进了那本就熊熊燃烧着的红色火光中。现在，我只有褪去外裤，又脱下在家穿的保暖裤，才能重新躺下。那被褥不像在家里盖的那般轻盈，仿佛铁石一样压在我身上，就在这样的沉重中，我迷迷糊糊地又睡去了。

不知过了多久，我听到铁门呲啦的声音。微弱交谈的声音随木柴的哔剥声传入，眼皮不自觉地向上翻起一个小缝，我好像看到黎明将近，灰暗的天空像老妇人的银发一样黯淡无光，星星的光芒闪烁在远处，透过深沉无望的黑暗，透过簌簌作响的树林，透过雨迹斑驳的玻璃，向屋中传来。可是穿越重重阻碍到达的光芒已经太过微弱，我只能借着跳动的火光，终于看到闪烁的人影。

“那咋能跑出去呢嘛？”父亲背身站着，黑色的影子在棕黄泛黑的墙上跳跃。

“唉，我哪能知道呢嘛。那睡觉前，明明，明明是锁好了的嘛。”爷爷蹒跚着走进屋来，脸上的一道道沟壑被火光照得通红，仿佛火山上流淌的岩浆。他把手上套着的白手套摘下，放到进门的脸盆架上，那手套前指的绿漆部分已经被磨掉，大拇指的关节处破了一个洞，可以想象冷风是如何窜进去的。厚一点的皮黑手套，就放在进门的窗台上，除去落灰，崭新如初，可是没有人戴。

“……行了，行了，那找不回来算了。”父亲在脸盆里洗手，头也不回地答道。

“唉，那么大一头羊，牵到李五家卖了也是个好价钱，我们这一年年的，到底指望啥呦，指望啥呦。”

作者简介

王凡，宁夏大学文学院研究生学科教学（语文）专业2023级学生。

入围奖

哄 骗（节选）

杨书琴

“我就知道你先回家了，怎么也不知道吭一声！”老罗左手拎着刚从集上买回的最后一包白菜，右手拖着寻了好久的被小罗甩在集上的蔬菜，满头是汗地走进院子。

“你说你回来就回来，你把那好不容易便宜买来的一大包菜扔了做什么！我寻着的时候差点让个老婆子拾走，要不是我手快，这么一大包菜可都没了！”老罗两手一松将两大包菜搁在了院子里，这才空出手抹了一把额头上的汗，似是叹气似是喘气一般，又一边捶着腰一边慢慢悠悠走进厨屋，直到端起水瓢一口气喝了满满一瓢水后才转身进屋去寻小罗。

“中午吃啥……你这是做什么……”老罗一句话还没完就被眼前小罗这架势吓得愣怔在了原地。

只见那先前铺好的凉席被小罗卷好搁在了一边，小罗自己带来的床单枕头也被卷成一团扔在了地上，椅子上原本堆着的衣裳也拾掇好了，裤子也拾掇好了。小罗还在这不大的屋里忙前忙后继续收拾着行李。

“你这是要上哪去？”见孙子只顾着收拾行李半分没有搭理自己的意思，老罗又加重语气重复了自己的疑惑。

“回城，公司忙！”小罗终于开口说话应了老罗，可他没有说实话。

不知是因为给老罗面子不愿拆穿他的谎言的贴心，还是憋着鼓气拗劲儿不愿说真话的执拗，又或者是带着爷爷撒谎也只是为了让自己回来看望他的星点愧疚，总之小罗就是不愿和爷爷说实话，不想问他缘由，也不愿听他解释。

小罗想不明白，老人家何必撒这么大的谎！想孙子了就进城看孙子去，不想进城就等着假期让孙子回来看望他！做什么要以重病为由诓自己？做什么要害自己冒着被开除的危险回老家！就为了自己这两年来未曾再回过乡？那还不都是为了挣钱立足好养活老人家嘛！

越想越气，小罗只觉得老罗的哄骗离谱又幼稚，半点不为自己考虑，再不想待在这不大的小屋里半分半秒，提起行李绕过老罗就向外走。

“你一个人记得照顾好自己，没钱了给我说。”或许是出于不忍——到底这两年来没回乡探望过爷爷，心中总是愧疚的，小罗停下步子背对着老罗道。

“等赶明儿公司不忙了我再回来看你。”想到爷爷撒谎不过就是为了叫自己回来，小罗心软了，站在门前背对着爷爷补充道，便又拎着行李匆忙离去。

老罗站在屋内愣愣地望着小罗的背影，与他回来那天刚好相反——小罗的身子挡住了大半阳光，只留下余存的些许偏过小罗的身子挤进屋里，明媚了周遭，却是将孙子高大的影子直直留在了老罗的身上。

老罗又想起了前几日小罗刚回来时自己投在孙子脊背上的佝偻影子。

“嘿嘿，长大了，不是当年的小崽子咯！”老罗在嘴里默默叨念着，小罗的影子却渐渐离开了老罗的身前，阳光总算大片大片地射进屋里，铺满在老罗的面前。

孙子走咯，急匆匆地。老罗默默站在原地，感受着阳光铺满全身的暖意。

作者简介

杨书琴，宁夏大学人文学院学生。有作品发表于《中国校园文学》《朔方》等刊物，获2020年宁夏大学生原创文学大赛二等奖、2021年宁夏大学原创文学大赛一等奖。

入围奖

摔！（节选）

孙梦婷

C，为何有种驾轻就熟的感觉。世界又虚幻起来，一阵彻骨的冷意倾轧而过，我甚而停止了呼吸。过去十九年我所看见的听见的触摸到的，距离真实，又有多少距离？现在，一切似乎都在崩塌，熔化，火星子四溅，落在我身上，钻进皮肤融进血液流过心房。不痛，但是冷。

有人在背后扯了我一下，失重和无力感渐渐褪去，F靠近我，几乎凑到我耳边了，说："他是来打工的吗？"

我点头。

我一句话都没说，也不敢说，怕被自己责难，只默默地、深深地看着A的眼睛。那是一种徘徊在大脑周围的好奇心，在追问A的过往——情绪和一切。

但我什么都没看出来。他的眼睛没有潜藏任何渴望、羞愤，从始至终安静得甚至超过安静本身，像黑色的漩涡吞噬着一切，倘若过度解读，可以说绝望，或者死寂。他从哪儿来到哪儿去，为什么来为什么去，似乎他自己也没一个确切的答案。

我呼了一口气又说话了："所以你现在是想要回家还是留下来工作？如果你要找工作，我知道附近有个地方正在招工，你可以做骑手，还提供住宿。"

他没有说话。

“我这里有店长的联系方式，你可以加他的微信。”不知为什么，我忽然疑心他现在身上是否有通信工具，因为至少到了现在，他都没有试图拿出手机联系谁。

想到这里我又说：“好吧，你记住这个地址，东城路61弄。”

F刚刚已经从工装裤里掏出钱了，好几张飘红，但现在又放回去了。我忘记当时到底想到了什么，总之我说：“别，自尊。”

他说：“嗯，我就是想到自尊了。”

我说这句话的时候一点底气也没有，隔着时间我都感受到了我那怄人的冠冕堂皇。严肃来说，那么多人此时此刻围着A，对他的自尊怎么不算另一种伤害呢？

没一会儿，两个民警到了现场，壮硕的身体压迫感和安全感兼备。

其中一个先问：“谁报的警？”B回应。于是B将事情经过大致讲了一遍。另一个民警点头对四周人群说：“谢谢你们，好心人。”

民警继续说：“行吧，你先和我们去救助站，其他的之后再说。”民警语气平淡，像湿帕子可以拧出水来，可我甚至还没有习惯刚刚的温暖的光。

A这样的人，他们见过很多了吧？

我心头忽然一紧，感受到一股波涛在汹涌，但来不及说更多想更多了。在收到另一位民警的谢意后，我仓皇又迅速地逃离。

仓皇。

1月14日，雨。

这故事，大概是真的。

作者简介

孙梦婷，宁夏大学民族与历史学院历史学（师范）专业2022级学生。

入围奖

野雀湖（节选）

王子欣

我坐在母亲的床头，听她给我讲一些琐事，马上就要过年了，医院科室轻松了些，好多症状不重的病人都出院回家准备团聚了。外面还没下雪，但是约莫就是这两天的事，很快就会到来的雪，没什么值得期待的，就像当年高考查分数的时候，其实知道自己大概会考多少分，就没有很紧张的情绪了。

我拿着水果刀削皮，苹果在手上旋转了三圈整之后林沐推门进来了，我有些这样的小癖好，喜欢在削水果皮的时候数数，这让我感觉莫名解压。林沐是我前两天相亲认识的，不过不是和她相亲，只是碰巧我们两个同在一家咖啡厅，她端来拿铁的时候不小心洒了我一身，然后我们见了几次，她大学毕业比我早两年，不过当时是在北京读的书。我只在南方读了个普通一本，这样比起来，她最起码在学历上压我一头。

林沐比我高一点，但或许和她爱穿厚底鞋有关系。她生得白净，鼻梁很高，比我们大多数人的都要高挺，像是混血。我也不清楚她到底是不是混血，我只见过她父亲，在外地上班，不常回家，她父亲好像患了很严重的肺病，又爱抽烟，见到他的时候他咳个不停，咳得厉害的时候发出类似于呕吐的声音，像是要把整个肺都咳出来。林沐说她妈妈去世得早，这样的伤心事再提也没什么意思，索性我也没再追问。从她口中我得知她母亲姓栾，比较小众的姓氏，和我母亲的一样，看来我们真是有缘。

后来林沐带我回了一次她家，我这才惊奇地发现原来我们两家住得这样近，隔着一栋楼的距离，只不过是斜着的楼，从她们家的窗台可以看见我们家楼下的观景湖，不过大部分都让树挡住了，能看见的就是靠近灌丛的秋千。

因为我一直盯着那里看，林沐也凑了过来，前两日一直雾蒙蒙的，潮湿得很，导致那片灌木丛的泥地都是湿润的，看上去很松软，我不禁想到，这真是一个埋尸体的好地方。

母亲已经和林沐混了个脸熟，看着她笑眯眯地让她吃糖。母亲清醒的时候见到林沐总是这样，不过等她不清醒的时候，就会对着她大喊大叫，林沐对此倒不在意，谁又能和一个病人计较。林沐这会儿过来就是送些水果，砂糖橘上市了，很便宜，十块钱一大篮，我剥开一个咬了一口，酸。

我没再吃，放在旁边搀着母亲去上厕所，林沐要来搭把手，我摇了摇头拒绝了。母亲总是这样，当年出了事之后就犯了病，时而清醒时而糊涂，甚至有时候会大小便失禁，她又是一个极要面子的人，让外人看了她这副模样，不知又要怎么刺激她了。

伺候完母亲已经是晚上八点半了，等她睡着了，我便掩了门出去，走到医院花坛的时候隐隐约约看见个人影站在那里。今晚有月亮，照得那人落在地上的影子黑洞洞的，林沐往我怀里塞了顶帽子，很普通的那种黑色毛线帽，不过是加绒的，里面的绒摸着又软又滑，她看起来有些紧张，手指把毛衣衣摆都掐出了褶皱，她开口说道："老板发的年货，里头这个挺好，看着适合你。"

林沐干的活很杂，我也说不上来是哪个老板，咖啡厅只是她的一个兼职，她还在社区做护工，好像还有酒吧兼职。我点头收下，问她饿不饿，她点了点头，我戴上她送的帽子走在前面，去了一家火锅店涮羊肉。

火锅店的羊膻味很大，后厨新宰的一头羊，羊皮挂在外面的杆子上晾着，灰白色的毛，一阵风吹来羊皮僵硬地晃了晃，估计冻透了。我要了一盘羊血豆腐，下到铜锅里，清汤上面浮起一层透亮的羊油，我夹起一片血咽下去，烫得喉咙冒烟。

作者简介

王子欣，宁夏大学文学院汉语言文学（师范）专业2022级学生。喜欢悬疑题材小说写作。

入围奖

世界上的另一个我（节选）

李　霏

“这个世界上一定有另一个我，做着我不敢做的事，过着我想过的人生。”

——《NANA》

老王家有两个女儿，大女儿叫王秋娴，小女儿叫王夏斓。

秋娴不爱说话，很多时候她只是望着院子里打盹的小狗发呆，蹲在门框旁边扒拉着石缝里冒出来的小草，或者，在下过大雪后的橙色天空里发出一声短暂的哀叹。就读于大学中文系，原本沉默的她变得爱说话，只是健谈之后，需要很长一段时间的无语来恢复精力，王秋娴悲哀地发现，原来她没能用文字的温暖挨过时间的冷漠，还是被涂成了大人。

毕业后的秋娴在春城当高中语文老师，从春城出发，开车到家只需要两个小时多一点。九月，王秋娴正式入职。王秋娴作为学校教师群体的第一批〇〇后，既不热心于职称，也不愿在办公室的小舞台上表演。

秋娴和夏斓姐妹相隔异地，两人已多年没见过面。在姐姐秋娴的衬托下，夏斓成为了家族里不着调的代名词。每年看不到人影，也不好好工作。

几年前，夏斓在牙科诊所工作了一年后辞职，带着一点微薄的积蓄去了一座距离春城要坐二十个小时火车的城市，并在当地的一所职业技术学校学习烹饪。一个窗外飘着雪花的午后，天空泛出奇异的鹅黄色，夏斓仔细咂摸带着可可香气的奶泡，“哗啦”一声，咖啡里的冰块变成了一间在丁香花开的巷子里的咖啡馆。名不见经传的咖啡店接连迎来了几天的超负荷的客运量，此后，闻不到丁香花淡紫色的香气，混着香水和烟味的人群摊在店铺门口。

夏斓顺着暗流游到了海的另一端，租下了小村子里的一处院子。步行十分钟，就能从新家走到海边。刚到的几天，夏斓止不住地兴奋，几乎每天都泡在沙子里。这一年夏天洪水漫布，这不可预测的灰色恐怖地笼罩在村庄上方，迫使夏斓搬离此处。离开了又可以去哪里呢，夏斓暗暗想着。手中的积蓄在开店、租房、出行上已经花去大半，这不多的钱又能做些什么呢。

无拘无束的自由只生在大富人家，以梦为马是诗人笔下哄骗人的话儿。

夏斓想要逃离，想要狂跑。跑呀，跑呀，跑呀。狂奔的夏斓累倒在太阳升起的地方，那里鲜花满地，却无人问津。

夏天繁华如锦，绿意盎然，秋娴想打一通电话，与电话那端分享夏的生气。

嘟嘟嘟……“您所拨打的电话是空号。”

秋娴伤神，无奈地笑了一下，自言自语道：瞧我，还拨了个空号，我这是打给谁呢。

其实，老王家只有一个女儿，她的名字是秋娴。

作者简介

李霏，宁夏大学文学院汉语言文学专业（文秘方向）2020级学生。获得2022年宁夏大学生原创文学大赛散文组入围奖。

入围奖

在路上（节选）

武金汐

青云和小李可能被这突如其来的遭遇整蒙了。怎么办？他们在车上，一句话都不再说。只有车外面的风雨还在撕扯，还在任意狂扫。青云终于缓过神来，给小王打电话了。说是小王让回去接他，告诉他们没有车愿意停下来，拉一个在漆黑的雨地里，浑身湿淋淋的、鬼魅一样的人。他们决定从加油站拐上高速，可是，收费员拦住他们，说他们的车超高了，不能上高速。

他们只好又从高速上下来，改走普路。对面的车真多呀，车灯都太亮。路面很糟糕，直颠簸，更难走了。只好慢慢地往前磨。就这一段回头路，走了一个多小时吧？小姨甚至忘记了，还有时间可以看看。或许是没有心思看，或者是觉得看了也是白看，未来一片未知。他们提心吊胆地往前走，一步三颠地往前走。终于来到了天湖出口。在泥水地里，他们看到了瘦小的沧桑的凌乱的湿透了的小王。他已经被雨水淋成落汤鸡，应该也冻坏了。

小姨想说什么，又咽下去了。能说什么呢？只能安慰小王："你怕是冻坏了，多亏是大夏天。"

小王闷闷地说："好着呢，我好着呢。"

家具啊，那么大的箱子，掉下去，竟然听不到！他们那时候不是说都是大车司机，车上稍有响动，或者小的异样，都会觉察到的吗？这又该如何解释？

说是捆绑的绳子，用的都是大车上拉货用的捆绑绳，又怎么能够断了呢？小姨提醒过他们，绳子太细了，他们说不可能断……

小王说，掉下去的家具已经被人拿走了。但愿是被人拿走了吧。但愿他们拿走了还能够用吧！希望一切都是有用的。其他的，小姨也不敢想，但又不得不想。夜晚，雨天，那么大的箱子掉在高速路上，后面的车怎么可能看不到呀！最好是看到吧！万一看不到呢？万一撞上去呢？万一……小姨强迫自己不再往下想。这不光是几件家具掉在路上的事情，这是性命攸关的事情！这是威胁多少人生命的事情！小王不再说话。小李也不说。巨大的音乐也不再响了。小姨也不敢说话，不敢往下说。她还能说什么呢？她还能埋怨什么呢？剩下的，还是未知！

天空纯粹没有一点秩序，东南风一阵，西北风一阵，把雨丝的发型揉搓得没有个样。小姨心里乱麻一样，凌乱不堪，只好发信息告诉她的老同学发生的事情。赵阿姨打电话过来，大声批评小李他们没有一点责任心。小姨看着浑身上下湿透的小李、小王、青云。安慰她的老同学："好着呢，闲着呢，只要人安全着，再什么都闲着呢。别再说了，就是让你知道有这么一件事发生了。"

雨渐渐地小了下来，现在他们知道要小心了。

他们慢慢地开着车，说不管怎么着，也要开到银川去。小王不再慷慨激昂。小李也不再说妻子的事。青云不再大吼他的音乐。安静，静极了，只有他们喘着粗气的声音。车子，超重的车子，疲累的车子。慢慢地，慢慢地，尽职尽责地，像一头老牛，吃力地向银川挪动。

雨终于停了，天色渐渐亮起来。小姨还是没有看手机，她是已经忘记了时间。终于到了小区的大门口，大门紧闭。是的，人们都还在睡觉，都还在迷恋早上这最后一点香甜的梦。小姨当初还想着，在车后排座上睡一觉就到了。可是却在黑天雨地里，整整地奔波了一夜。她打电话让物业来开门，下意识想到是不是可以打电话。看了一下手机时间，早上七点钟。她恍然记起，昨天傍晚，他们是七点钟出发的！三个小时的路程，他们走了整整12个小时，12个小时！一个晚上，谁都没有闭一下眼睛！一晚上，来来回回奔波在雨水中！一个晚上，崭新的家具，沉重地掉落在高速路上！被雨水淋着，淋着……

这一趟，小姨猜想，小王他们应该能挣多少？现在又失去了多少？小姨看到小王他们的脸——那一张张金属色的脸，年轻却已经饱经风霜的脸，被雨水不知道洗刷了多少遍。胡须像盛夏的草，已经覆盖了整张脸，只剩下眼睛还在眨动。

是的，他们还在路上！不管是送货，还是成长，还是生活，他们都还在路上……

作者简介

武金汐，宁夏师范大学美术学院美术学专业2022级学生，固原市原州区作家协会会员。专攻绘画，热爱写作，有作品在《葫芦河》《原州》《固原日报》等刊物发表。

其他

三等奖

三重世界的叠加

——论汪曾祺的《受戒》

嵇鹏宇

摘要：在漫长而辉煌的文学史上，汪曾祺常被视为一个难以归类的作家，他在20世纪80年代初带着《受戒》再度归来，这篇带有清新和抒情意味的回归“京派”之作，成为当年轰动文坛的重要作品。在汪曾祺笔下，《受戒》的世界是乡土、女性、抒情三重世界的叠加交替、交相呼应。《受戒》的世界是乡土的世界，人们热烈地崇拜土地，依恋土地，视土地为生存的根本，在土地之上人与自然保持着一种自由的关系，互相理解和共情。《受戒》的世界同样是女性的世界，不管是在女性的情感世界中，还是在乡间的公共角色中，女性都是健康的，同样也是自由的。《受戒》的世界还是抒情的世界，作者精心运用的“闲笔”，在增加细节和补充民间文化的同时，渲染了诗意的氛围；而作者“抒情”的艺术构思，也表现了“真”即是“善”，“善”即是“美”的审美价值追求。

关键词：乡土　女性　抒情

《受戒》是汪曾祺写于20世纪80年代的作品，它的发表从一开始就伴随争议，“一个很重要的原因是它题材的特殊性”[①]。紧连着80年代的前一个十年是被“文化大革命”话语裹挟的十年，在举国关注“重大题材”的文化语境下，《受戒》却出乎意料地回归抒情文学、乡土文学的传统，强调审美价值和人文关怀的重要性。因而，《受戒》在很长一段时间内备受争议。但值得注意的是，正是自汪曾祺的《受戒》以后，消失已久的民族美学和艺术传统渐渐回归文学，人们开始重新关注乡土，思考关于人性解放、自然和谐的意义，发掘独属于乡间的诗意和审美情趣。

一、《受戒》中的乡土世界

《受戒》是汪曾祺先生四十三年前的一个梦，也是活跃在高邮乡间的纯真个体们的生命演绎。在《受戒》的乡土世界中，人们崇拜土地、敬畏土地，视土地为有生命的天然图腾。生活在这片土地上的生命个体们欢乐自由、健康和谐，既无宗教困囿，也无乡规禁止，有的只是灵动天性的自由张扬。同时，在庵赵庄的这片土地上，人与自然也都是自在的生命，两者之间保持一种诗意的自由关系，在同一片土地上和谐共处。

（一）依恋土地

土地崇拜是自然崇拜的一种，在其中占据着重要的地位。“人类的文明形态是从土地开始的”[②]，而中国自古以来又都是农耕社会，所以在国人的心中土地是与母亲的形象等同的，对土地的崇拜和依恋作为文化基因伴随在中华文化始终。

① 褚云侠.《受戒》的周边[J].文艺争鸣，2019（04）：22.
② 高丽杨.土地神观念浅析[J].中共郑州市委党校学报，2015（06）：46.

许慎在《说文解字》中说："土者，是地之吐生物者也。"万物的生存都有赖于土地，而土地上的劳动和生活，正是《受戒》乡土世界中最吸引人的存在。

1. 人与土地血肉相连

人与土地血肉相连的深厚感情，即"土地依恋"情结，是庵赵庄乡土世界的一个基本特色。土地是与生活于其上的人们紧密相连的，《受戒》中的人们崇拜土地，热爱土地，是因为土地养育了庵赵庄人，也因为土地给予了他们活得自由自在的勇气，可以任其以自在、本真的生命形态自由活动。

《受戒》中的赵大伯和赵大妈就十分深爱土地，两人家中本有田，自己也无病无灾，日子过得很是兴旺，但对土地的热爱又促使夫妇俩租种了荸荠庵的十亩田，忙忙碌碌、闲不下来，可劳作时却始终如热闹欢聚，怡然自得，仿若世外桃源。赵庄人喜欢在打谷子时喊打场号子，明海因为号子喊得婉转而响亮，被赵大娘、大英子和小英子极力夸赞，因这是劳作时最好的游戏。在《受戒》的乡土世界中，劳作的土地是其赖以生存之地，而劳作时发自内心的欢乐则是赵庄人对土地发自内心的热爱。正如小英子爱吃荸荠，自家的田里就种了一亩荸荠，还种了一亩既可以用来做菜，又可以用来入药的慈姑，在这里土地上的种植与收获是独属于赵庄人的热爱。

2. 人与土地直接的"经验性"关系

人与土地直接的"经验性"关系，是庵赵庄乡土世界的另一个基本特色。所谓与乡土直接的"经验性"关系是指不需要经过第三方的媒介关系，而用自己的身体直接感受大地，"从而保证与生存世界之间直接性的诗意交流关系"[1]。《受戒》中人与土地之间的联系便是直接的，表现出来的是自然而然的和谐。

《受戒》中的小明子和小英子一起去田里薅草，每当小英子脆亮的嗓子唱起

[1] 张红翠．重审《受戒》的多重内涵[J]. 中国现代文学研究丛刊，2016（12）：60.

歌来，小明子就会知道小英子的位置，并朝着小英子的方向走去，这是在田里干活时找人的直接经验。在田地里干活离不开水牛的帮忙，但牛怕蚊子，最好的办法是直接把牛迁到好泥水里，让它自己打滚扑腾，等全身都裹满泥浆时，也就不再怕蚊子的叮咬，这是动物与土地的直接联系。小英子最爱吃荸荠，每年都会去挖荸荠，她和小明子光着脚在地里走，每当踩到硬疙瘩，伸手下去就是一个红紫红紫的荸荠，这则是小英子多年与土地直接接触积累的土地经验。当小英子、小明子们用身体直接感受土地时，这种直接的"经验性"关系带给她们的是与土地最贴近的交流，也是认识生命与土地关系最本初的"源"。

（二）人与自然和谐相处

《受戒》如一股与众不同的风，它是汪曾祺搁笔多年之后的再次创作，也正值80年代的改革开放时期，汪曾祺在其中全然没有"说道式"的道德训诫，也无居高临下的价值探讨。而是在训诫和禁令之外，着眼于表现《受戒》和谐的世界，也即人与人平等，人与自然共鸣的田园世界。

1. 人与自然的自由关系

《受戒》的和谐首先在于，人与自然作为相对的个体，两者之间保持着一种自由的关系，这也就是人的生活活动的美学意义所在。庵赵庄的世界与庵赵庄的人就是这样一种自由的关系，是从内在的人到外在的自然都欢乐且自由，因而是彻底的和谐。

荸荠庵是一个和尚庙，庙里有两副对联，一副是弥勒佛旁的"大肚能容容天下难容之事，开颜一笑笑世间可笑之人"；另一副是六角门上的"一花一世界，三藐三菩提"[①]。前者是佛家俗语，教的是宽容、大度；后者是佛家妙语，悟的

① 汪曾祺.受戒[M].哈尔滨：北方文艺出版社，2017：141.

是众生心境。庵赵庄中的荸荠庵从对联开始，就并无严肃静穆。对联宣扬的也是个人有个人的缘法，各物有各物的妙法，每个生命个体都是自由、活跃的个体，应任其自由自在地舒展。荸荠庵作为和尚庙，从一开始就没提过“清规”二字。小明子能出家，一方面是因为长相、声音都不错，但最重要的原因还是在于有一个“当家的”舅舅。方外之地也讲人情往来、血缘亲族。《受戒》中的出家，“不仅出家动机理性化了，择取标准也理性化了”[①]。为了小明子能有资格当和尚，家里还提前投资，让本是农家子的小明子开蒙读书。佛家的戒规并没有束缚民间，而是任民间自由地发展。荸荠庙的每个人都有自己专精的事业，新来的小明子要努力念经，舅舅仁山作为庙里的主事要做好最重要的工作——算账，二师父仁海要陪好老婆，三师父仁渡要会耍飞铙、会唱小调，还要放好“花焰口’。从荸荠庵本身到庙里的每个人都遵从了对联的寓意，自我认同，自由舒展生命。

2. 人与自然的自在生命

《受戒》的和谐还在于人与自然是一种“我—你”的关系，“我”与“你”都是独立的主体存在，互相理解与共情；且在其中，个体的生命和自然的生命都回归了大地，都是绝对自在的生命。汪曾祺笔下所有的生命，包括有生命意识的个体、静态的瓜豆蔬菜以及流淌的水流等都自在地活着。

《受戒》的乡土世界就是自在的世界，且这自在随时触手可及，就连和尚们闲时打发时间的斗纸牌、搓麻将，也无人指责。正经的和尚和偷鸡的、收鸭毛的在一起玩乐，也被认为是司空见惯的平常事。《受戒》中这个偷鸡的正经人的一件家什——偷鸡的铜蜻蜓，被明子要来在小英子家门前试了一试，果然可行，被小英子的娘看到骂明子，小英子却不怕，还过去也试了一试，果然真

① 闫作雷．“抒情考古学”：汪曾祺《受戒》的一种读法 [J]. 文学评论，2020（01）：102.

灵。这件不正经甚至不道德的事，在小明子和小英子的参与下变得童趣又灵动，“有着直露的欣喜情感”[①]。至于《受戒》中小英子三面临河的家，瓜豆蔬菜四时不缺的菜园子，一半泥夯、一半砖砌的院墙，乡间并不多见的明亮亮的一块一尺见方的玻璃，还有小明子为出家而读书，为攒钱而当和尚，冥寿为放花焰口，受戒为文凭等，都是独属于庵赵庄世界中的自然与自在，人和自然对这些事都有一个纯净的世俗态度——自在。是的，庵赵庄的人都灵动地活着，都自在地活着。

二、《受戒》中的女性世界

“汪曾祺像其他京派作家一样，对女子多持欣赏和宽容的态度”[②]，在汪曾祺的作品中，女性与男性一样皆是乡间自由健康的生命个体。正如《受戒》中的女性角色就与男性角色一样，有名有姓，有自己的乡间角色和公共认可。在欣赏女性的基础之上，汪曾祺对处于两性关系中的女性，也多加肯定，其笔下自由本真、健康结实的女性是他十分钟爱的人物。在汪曾祺建构的女性世界中，女性的恋爱婚嫁全凭女性自己做主，女性可以纯真灵秀，也可以活泼率性，他笔下的女性无关清规戒律，自然健康倒是为他所称赞。

（一）女性的情感世界

汪曾祺的作品多将笔触集中于乡镇小市民，这些人平凡却随心所欲的生活成为汪曾祺小说中最常见的逸事，而其中构成故事的另一主角则是率性勇敢、自由健康的女性。毫无疑问，汪曾祺笔下的女性情感世界美好纯真、自由灵动，

---

① 王本朝．渎神的诗性：《受戒》作为1980年代的文化寓言[J]．当代文坛，2012（02）：24.

② 京派的传承与超越：汪曾祺小说研究[M]．南京：南京大学出版社，2016：166.

皆出自真实本心。《受戒》中的女性就不管是在本真的青春萌动阶段，还是进入明晰的夫妻协作阶段，都始终欢乐明朗，健康自由。而出于本心结合的两个生命体之间自由友好的交往、互动，也使整个小说的氛围更加欢乐、更加自然。

1. 本真的青春萌动

《受戒》中的爱情是民间理想爱情的现实化，理想首先是因为汪曾祺塑造了理想的民间世界，在庵赵庄的世界里只要合乎人性，合乎自然，就是健康的、欢乐的，所以小明子和小英子的恋爱才水到渠成、理所当然；而现实化是因《受戒》并未规避人心世道，小英子和明子的初心萌动是发生在现实的世俗世界，既为乡间世界所容，又为乡间个体所允，因而两人的未来是真实可盼的。

《受戒》中的明海和小英子是最好的朋友，也是情窦初开的小伴侣，可以说，"《受戒》显示出的是初恋的'意境'"①。《受戒》中两人的关系始于懵懂的孩童时期，小英子和明海最初的相遇是在河边的船上，腼腆的明海被活泼的小英子追着问问题，从当和尚到烧戒疤怕不怕，再到叫什么名字，明海的来龙去脉都被小英子盘问清楚，最后以小英子把自己吃剩的半个莲蓬扔给小明子结束。从开始的互动，到最后的结束，小英子和小明子都是欢乐的，因孩童本真的好奇心而出现的一问一答，将这两个陌生的生命体拉得越来越近，这样的互动使得小生命体们的青春萌动显得既灵动又有趣。而小英子和小明子成为朋友以后，这样的互动和交往更加频繁，从向姐姐推荐小明子画的新鲜花样，到按住小明子的肩膀让他叫赵大妈干娘，再到给他做好吃的、送他去善因寺受戒，以及最后回来路上问他要不要自己做老婆，小英子和小明子的感情在日常的相处中逐渐升温。在这对情窦初开的小伴侣之间，小英子和小明子的一切举动都合乎人性，自然也合乎庵赵庄的乡间世界，这份青春萌动是在庵赵庄所有生命

① 王晓薇．平远小景　简雅拙淡——试论汪曾祺的小说《受戒》[J]. 当代作家评论，2003（05）：132.

体们共同默许和保护之下萌发的本真初心。

2. 明晰的夫妻协作

《受戒》中有青春的萌动，自然也有夫妻的协作，但不变的则是生命体们自然、健康的两性关系。汪曾祺笔下的女性在乡间的夫妻关系中也是自在的生命，波伏瓦在《第二性》中说“夫妻是一个基本单位，这两个一半彼此是并列的；通过性别对社会进行任何划分都是不可能的”①。这种并列在乡间社会中更加明显，相比于有产阶级中女性更为附属的“他者”地位，乡土社会中的夫妻关系就在劳动关系和协作关系的共同制约下，转变成互相依存的关系。《受戒》中在庵赵庄的这片地界上，夫妻的协作关系就十分明晰和自然。

《受戒》中明海的家乡出和尚，他家本就田少，他是老四，所以只能另谋出路。明海当了和尚的舅舅回家后，“他爹、他娘就和舅舅商议，决定叫他当和尚”②。在明海的家中，他爹、他娘和舅舅是具有同等地位的长辈，对于家中子女的出路，是需要三人协商一致才决定的，具有夫妻关系的爹娘在明海的叙述中是并列出现的。可见，在明海的家中，母亲和与父亲是并列的基本单位。《受戒》中的另一对赵大伯和赵大妈在夫妻关系中展现出来的互相协作则是十分明晰的，赵大伯能干，会赚钱，是摇钱树；赵大妈精神，会攒钱，是聚宝盆。在两人共同经营的家庭单位中，展现出来的是互助、明朗的协作关系，两人的夫妻感情也在合理的分工协作中显得健康、和谐和融洽。而《受戒》中年轻一辈的大英子即将出嫁，对于偷偷看过的小人她很满意，人很敦厚，说明至少勤快能干；家道也殷实，说明大英子嫁过去不会吃苦。而大英子本人也如赵大娘一样清亮干净，虽像父亲一样话很少，但勤快能干，整日赶着她的嫁妆，还不

① 西蒙娜·德·波伏瓦. 第二性Ⅰ：事实与神话[M]. 郑克鲁，译. 上海：上海译文出版社，2011：13.

② 汪曾祺. 受戒[M]. 哈尔滨：北方文艺出版社，2017：139.

断精进着绣花手艺。敦厚能干的小人，干净勤快的大英子，基于此结合的两个小夫妻，必定会像赵大娘和赵大伯一样有着明朗、美好的夫妻生活。由此可见，明晰的夫妻协作关系是乡间通行的家庭单位，也是确保和谐、自然乡间生活的重要一环。

（二）女性的公共角色

“京派”小说中的女性，尤其是汪曾祺笔下的女性，往往展现的是舒展的生命姿态。这一方面是由于“京派”作家对健康、纯洁人性的抒写赞颂，一方面则是因在物质匮乏的乡间，女性需要与男性分工协作、共同承担家庭责任。当乡间的生存成为首要问题时，女性反而被最大程度地允许参与乡间公共活动，以确保乡间社会的稳定。但女性乡间公共角色的确立并非易事，因为在很长一段时间内，乡间属于男性，至于女性，“她们同时属于男性世界和这个世界被否认的领域”[①]。因此，女性若想在乡间担当公共角色，一方面需要女性群体做好经验传承；一方面，女性群体也需要习得在乡间谋生的办法。

1. 女性群体的经验传承

在乡间世界中，比起文字，语言和经验在群体之中显然更能起到交流和传承的作用。但值得注意的是，于乡间世界的男女两性而言，经验之间也存在很大差异，能为男性轻易习得并认同的经验却往往会使女性困惑。同理，女性的经验对于男性也是如此。因而，在乡土世界中，女性群体需要建立女性自我的经验传承。在乡土空间中，男女两性都参与到自由劳动之中，乡间女性由此获得了具体的自主，同时起到家庭的和公共的作用。而进一步来看，乡间女性可参与空间领域的扩大，也使乡间女性群体的经验传承变得尤为重要。

---

① 西蒙娜・德・波伏瓦．第二性Ⅱ：实际体验 [M]. 郑克鲁，译．上海：上海译文出版社，2011：442.

《受戒》中的赵大伯是个“全把式”，不管是家里的活，还是田里的活，样样精通。与赵大伯的能干相搭配的是赵大妈的精神，赵大妈会腌咸菜，会编蓑衣，最重要的是还会剪花样子。在赵庄周围的这片地界上，剪得好看、寓意吉祥的花样子是嫁女娶媳的好日子必不可少的装饰，因而赵大娘在这片土地上十分受欢迎，但凡有好日子，周围二三十里的人家都来请赵大娘，并将其视为座上宾。而大英子和小英子也像极了赵大妈，三个人一样的精神、能干，大英子会挑花绣花，还会根据小明子的画“乱孱”绣出活花活草，传遍方圆三十里。赵大妈把自己的经验传授给大英子和小英子，两姐妹又有所创新，而这一切经验都是赵大妈自我经历之后获得的自我运用物质的能力。更加值得注意的是，从母女三人的经验传承中可以看出，比起男性知性的经验，女性的经验更多是自我的经验、自我的经历，而这才更加适于女性自我理解、习得且传承。

2. 女性群体的土地谋生

中国社会是乡土型的社会，在乡间世界中，“土”是乡间生命个体们的命根。这个乡土事实对于乡间的女性同样重要，在乡间的生存中，土地同样是女性生存和自由的基础。人类进入文明阶段后，“在人类中，个体‘可能性’则取决于经济和社会状况”[①]。而在乡土世界里，个体的“可能性”则取决于土地。在《受戒》中，乡间女性群体在土地之上拥有的谋生能力，就是她们活得自由自在、率性舒展的重要基础。

在《受戒》的乡土世界中，经济地位的确立很大程度上依赖土地，关键是看个人是否能从土地上获得资源，并且养活自己。正如费孝通先生所说：“乡下人离不了泥土，因为在乡下住，种地是最普通的谋生办法。”[②]而《受戒》中的

---

① 西蒙娜·德·波伏瓦．第二性Ⅰ：事实与神话[M]．郑克鲁，译．上海：上海译文出版社，2011：58.

② 费孝通．乡土中国[M]．上海：上海人民出版社，2019：1.

女性无疑具有这样的能力。正如赵大妈和赵大伯一样，种地种菜，养鸡养鸭，共同的努力让家业兴旺。大女儿已经有了人家，这两年都忙于赶自己的嫁妆，田里的零碎活就被小女儿全包了。每次小英子央求明子来画花，都会自己动手给明子做好吃的，两人在田里薅草、“打汪”、踩水车、摘荸荠，俨然是赵大伯最好的帮手。由此可见，在庵赵庄的这片土地上，从赵大妈到大英子、小英子每个女性都有自己赖以生存的经济地位，都具备在土地之上谋生的能力，因而基于生存基础之上的她们是自由的，也是自尊的，可以依照自己的天性快乐地生活。

三、《受戒》中的抒情世界

汪曾祺作为新时期“京派”的承袭者，秉承“京派”对文体的追求，“他一开始就走上抒情化的创作道路”[①]。《受戒》中的抒情世界，安闲欢乐、自由纯净，美得仿佛一幅画。《受戒》虽所写的时间跨度不短，所包含的横切面不窄，所涉及的人物不少，但抒情的文风总让人觉得活在一个安全的、闲适的、如水一般恒定的缓缓流淌的画中。这一方面有赖于作者随便而不随意的“闲笔”手法，信马由缰、散而不乱，在主故事之上添加一二闲笔，大大增加了文章言有尽而意无穷的诗意韵致；一方面则在于作者“真、善、美”的审美追求，“真”即是“善”、“善”即是“美”，“真”与“善”与“美”和谐统一、浑然一体。

① 京派的传承与超越：汪曾祺小说研究 [M]. 南京：南京大学出版社，2016：98.

（一）抒情的诗意氛围

“抒情”作为一种有意味的形式，注重氛围的营造和情调的追求。《受戒》中“闲笔”作为小说的非情节因素，在抒发作者感情、丰富小说审美情趣方面具有独特作用。正如《受戒》的美，美在诗意氛围，也美在作品意境，这一方面与汪曾祺善用“闲笔”增加细节，引导读者会心体悟有关；一方面也与汪曾祺熟知高邮乡间文化，能用“闲笔”对叙事情节作补充和渲染，从而增强艺术感染力有关。

1.“闲笔”增加细节

《受戒》是重在表现人性、人情美的作品，抒情化的写作笔法增添了作品诗意，但同时淡化了作品的情节，而“闲笔”的运用则使诗意隽永的小说增添了几抹清新之感。《受戒》“闲笔”的运用增加了故事细节，于细微处引导读者对叙述者的言外之意会心一笑，并长久停留在脑海中以至时常回味。《受戒》中写到荸荠庵里的老和尚，明海叫他师爷爷，师爷爷是个很孤寂的人，一天关在房里，就是那“一花一世界”里。师爷爷的枯寂生活被汪曾祺这带有哲理和清新意味的“闲笔”话语一冲，顿时多了几分安闲自得的意趣。

《受戒》中最后情节处所穿插的“闲笔”，也极其精细巧妙。小明子去受戒，小英子和他约定好第四天去接他，那天的小英子头上罕见地插了花，一边是栀子花，一边是石榴花，而这两种花恰恰是前文所提到的——小英子家中的房檐下所种的一红一白的石榴树和栀子花。栀子花象征希望和祝福，石榴花在民间则是家业兴旺的象征，小英子所簪的这两朵花也预示着两人美好的未来。这样带着花的柔美的小英子与前文提到的叽叽呱呱的小喜鹊自然不同，但她还是问了小明子很多话，在快划进芦花荡时，小英子趴在小明子耳朵边表明心意，小明子也大声坚定回应，之后船驶进芦花荡，芦花才吐新穗，暗示着两人的感情自此不同，爱情刚刚开始。小儿女间清新羞涩的心动，通过作者的几处“闲笔”

刻画得惟妙惟肖。

2.“闲笔”作叙事补充或解释

故乡高邮是汪曾祺小说中着墨最多的背景，独属于高邮乡间的文化礼俗、方言歌谣以及饮食服饰等，共同构成了《受戒》中独特的民间文化色彩。《受戒》中汪曾祺用“闲笔”对具有高邮地方特色的民间文化作细致补充和解释，在拓宽小说文化内涵的同时，带领读者领略独属于高邮的民俗色彩。

《受戒》的故事开始于小明子决定要去当和尚，汪曾祺在这里用了不小的篇幅作“闲笔”，力求让读者明白，在小明子的家乡，出和尚和其他地方出劁猪、弹棉花、画匠甚至婊子一样，都是农家子寻的出路，只是每个地方擅长的出路不同。此处的“闲笔”，是对小明子家乡出和尚风俗的补充，也与下文小明子的舅舅教育明子，和尚也分状元、榜眼、探花的“闲笔”形成呼应，这种世俗之人再熟悉不过的功利训诫一出，荸荠庙里的和尚也就和庵赵庄的其他人没有什么分别。《受戒》中对七月间的民俗节日盂兰会盛况的描写，将笔触着墨于和尚们耍“飞铙”。这本是几十个和尚共同参与的法事活动，为的是地藏王菩萨高兴，却在“起手”“飞”“旋转”“接住”等一系列动词“闲笔”的穿插中，变成高邮民间难得的快乐盛事，真正因此快乐起来的反而是人，“尤其是妇女和孩子”[①]。这些具有地方文化色彩的“闲笔”穿插，在枝蔓摇曳中丰富了小说的文化内涵。

（二）抒情的审美价值追求

《受戒》中的“抒情”文风也是汪曾祺艺术构思中的一个重要组成部分，“抒情”的笔法在很大程度上允许作者主观情感的介入，从而与小说中的人物

---

① 汪曾祺．受戒 [M]. 哈尔滨：北方文艺出版社，2017：145.

情感相碰撞，共同构成小说的审美价值追求。《受戒》的情致是“真”的，也是“善”的，更是“美”的，这“真”在于每个生命个体都是纯净的、自在的；这“善”在于所有生命个体们都怀着“赤子之心”，以“尚善”作为人生追求；这“美”则在于追求的“美”是自然的“美”，是健康的“美”，是结实的“美”。所以，在《受戒》中，“真”即是“善”，“善”即是“美”，“真”与“善”与“美”浑然一体。

1.“真”即是“善”的追求

《受戒》审美价值追求中的“真”即是“善”。“真”是主体把“内在的尺度”用到对象世界，把握的是深层的社会生活内蕴，具有浓厚的主体性；而“善”体现为“人为关怀”，以“尚善”作为核心，“善”的追求所表现的情感的诚挚性是与“真”的追求出于主体“内在尺度”反映的生活真实性融合在一起的，所以“真”即是“善”。《受戒》中的生命个体们是纯净的、自在的，生命个体们出于“内在的尺度”把握的对象世界，也就是自然，是真实的社会生活；而怀着“赤子之心”的生命个体们对自然、对社会的诚挚感情自然是向“善”的，“真”与“善”在庵赵庄的世界是和谐共存、和睦共处的。

《受戒》中小明子到约定时间和舅舅一起离开家时，身上穿的是舅舅的改小的和尚短衫和旧的紫花裤子，赤脚却穿了一双新布鞋。舅舅的旧衣和没穿袜子的赤脚都是小明子家中贫困的真实写照，而那双新布鞋则是明子娘一片拳拳爱子之心的“真情”象征。民间有母亲要为游子做一双新鞋以求一路平安的习俗，而在明子家，这也这是明子娘能为远行的小儿子准备的最好行李，她希望小明子能穿着母亲做的舒适干净的新鞋走向新的出路。这本是一件烦琐往事，可作者汪曾祺出于“真情”的内在尺度，却使小明子记忆中的平凡小事变得温情脉脉。小明子的好嗓子是重复出现于《受戒》中的一处笔墨，舅舅说好嗓子可以当好和尚，赵大娘、大英子、小英子也直夸小明子的嗓子喊号子好听，善因寺的方丈石桥就因相貌、声音都出众，当初被选为沙弥尾，现在善因寺的老和尚告诉小明子寺里有意选他当沙弥尾。《受戒》中对于小明子的“好嗓子”，每一个听过的人都大加赞赏，从舅舅到小英子到赵大妈再到老和尚，都怀着“赤子之心”为小明子指明各种通往“向善”的人生道路，并且任由小明子自由选择，这是生命个体们对于年幼者诚挚感情的真实流露，是“真”也是“善”。

2.“善”即是“美”的创造

《受戒》审美价值追求中的“善”即是“美”。庵赵庄中人的“善”是与景的“美”融合在一起的，表现的是“善”与“美”交融的人生境界。在《受戒》的抒情世界中，每个生命个体都是“善”的，对人友善，对物友善，对自然友善；而与“善”相对的则是“美”，《受戒》中的“美”是自然的“美”、健康的“美”、结实的“美”，“美”得清新又有生机，是基于“善”的“美”的创造。

《受戒》中自然的“美”借助于其中的景色白描展现，将一幅幅生机勃勃又色彩清雅的古朴江南水乡画缓缓现于众人眼前。从弯弯曲曲的田埂，高大的柳树，三棵结白的、三棵结紫的大桑树，再到花香冲鼻子的一红一白的石榴树和栀子花，薅了三遍草的秧地，红紫红紫的荸荠，以及发着银光的芦花荡，《受戒》展现出来的自然的“美”纯净又清新，鲜活又雅致。《受戒》的“美”不仅“美”在景色，还“美”在生活于其中的各色人物，她们有着极高的审美情趣，懂得欣赏美、追求美，展现的是基于人性的健康的、结实的“美”。《受戒》中对赵大娘、大英子和小英子一起赶集时的片段描写极为细腻，母女三人的眼睛是一样的黑白分明，定神时如清水斑斓一样纯净，闪动时却像闪烁的星星一样耀眼，乌黑的头发“滑溜溜的”，干净的衣服“格挣挣的”，整个集市的人都望向她们。无疑，赵大妈和大英子、小英子所展现出的是健康的、纯净的、优美的人性，也是被整个集市的人推崇和追逐的真正的“美”。

《受戒》中的大英子即将出嫁，想绣一些新鲜花样，小英子为姐姐拉来看过《芥子园》的小明子，又掐来一些真的花让小明子照着画，小明子画出来的花样子果然都是活花活草，还被精于此道的赵大娘认可，将其认为干儿子。小明子出于帮助小英子、大英子的“善”，创造了灵动生机的“美”的追求。而后大英子按照这些新的花样绣了三双鞋，传遍方圆三十里，被许多姑娘夸赞和歆羡，还拿来纸央大娘求了小明子来画。由此可见，从年长的赵大娘，到小一辈的大英子、小英子、小明子以及周围的小姑娘们，都有着基于“善”的审美追求，她们可爱又礼貌，活泼又纯真，个个都是美的精灵的化身。《受戒》对于“真、善、美”的审美追求贯穿全篇，这三者也在庵赵庄的世界中融为一体，达到极为难得的审美境界。

结　语

《受戒》是与众不同的一阵风，也是汪曾祺潜心回归“京派”的传统之作。《受戒》中的三重世界，从乡土世界到女性世界再到抒情世界，始终展现的都是乡间生命个体们的自由自在和纯净灵动。《受戒》写乡土，写的是生活于其上的庵赵庄人对土地的眷恋和热爱；写女性，写的是健康自然而又本真独立的乡间女性；写抒情，写的是所有的生命个体们对“真、善、美”的欣赏和追求。《受戒》的美，美在真实的乡间生活，也美在人和自然的自在和谐，更美在个体独特的灵魂。因而，《受戒》的世界从来都是隽永的世界，它的美也是值得反复品味的美。

参考文献

[1] 西蒙娜·德·波伏瓦 . 第二性Ⅰ：事实与神话 [M]. 郑克鲁，译 . 上海：上海译文出版社，2011.

[2] 西蒙娜·德·波伏瓦 . 第二性Ⅱ：实际体验 [M]. 郑克鲁，译 . 上海：上海译文出版社，2011.

[3] 童庆炳 . 文学理论教程 [M]. 北京：高等教育出版社，2015.

[4] 京派的传承与超越：汪曾祺小说研究 [M]. 南京：南京大学出版社，2016.

[5] 汪曾祺 . 受戒 [M]. 哈尔滨：北方文艺出版社，2017.

[6] 陈思和著 . 陈思和自选集 .[M]. 广西：广西师范大学出版社 .1997.

[7] 费孝通 . 乡土中国 [M]. 上海：上海人民出版社，2019.

[8] 王彬彬 . 王彬彬专栏："姑妄言之"之一——我喜欢汪曾祺，但不太喜欢《受戒》[J]. 小说评论，2003（02）：17–20.

[9] 王晓薇 . 平远小景简雅拙淡——试论汪曾祺的小说《受戒》[J]. 当代作家评论，2003（05）：132–139.

[10] 王本朝 . 渎神的诗性 :《受戒》作为1980年代的文化寓言 [J]. 当代文坛，2012（02）：22–25.

[11] 高丽杨 . 土地神观念浅析 [J]. 中共郑州市委党校学报，2015（06）：46.

[12] 张红翠 . 重审《受戒》的多重内涵 [J]. 中国现代文学研究丛刊，2016（12）：56–67.

[13] 褚云侠 .《受戒》的周边 [J]. 文艺争鸣，2019（04）：22–29.

[14] 闫作雷 ."抒情考古学"：汪曾祺《受戒》的一种读法 [J]. 文学评论，2020（01）：101–110.

[15] 赵树勤，李岳峰 . 诗意空间的多维建构——论汪曾祺小说《受戒》《大淖记事》的连环画改编 [J]. 江汉论坛，2020（09）：93–97.

作者简介

稔鹏宇，宁夏大学中国语言文学现当代专业硕士研究生。

入围奖

写于南方之南的静与美

——评蔡东小说集《来访者》（节选）

刘秀庆

《来访者》是青年作家蔡东的一部小说集，小说收录了八篇中短篇小说，包括《来访者》《她》《往生》等。阅读蔡东的小说，无需让人神经紧绷地思索语句背后的深层涵义，也无需提防作者不经意地埋藏在文本中的玄奥哲理。她的行文流畅而自然，给人一种“润物细无声”的宁静，令读者在阅读的过程中，会不由自主地沉浸于文字之美。她以深圳作为文学创作的地理坐标，描绘着肆意生长的植物、情感细腻的人群与城市生活的危机与突围。她无意以宏大叙事展现深圳作为中国之南的沧桑巨变，而是以细碎的生活切割人物内心的广阔宇宙，以一种温和平静的笔触书写着平凡人生的静与美。

一

近几年来，“新南方写作”的概念经过众多学者的定义与阐释而逐渐引人瞩目，并且与此前的“新东北文学”遥相呼应。其实“新南方写作”相较于作家的创作实际而言，更像是一种后设概念，即先有新南方的书写，后有“新南方写作”的概念。位于南方之南的作家总会忍不住从周围的环境着手，书写“潮汐、板块、走廊、风土”，抑或是常青的植被与连绵的细雨。深圳温润的气候与漫长的雨季造就了属于南方的茂盛芜杂的植物，因而小说集中没有凛冽寒风与萧瑟冬季，植物的种类与形貌与北方相比多有不同。

这部小说集中的景物描写舒缓、安静，显示出作者敏锐的感受力与擅长描摹的功底。在开篇的《她》之中，作者就透过一个闲散老人之眼观察日常生活场景。年轻明亮的白昼，家常的热面条配腌黄瓜，绿叶显露出毫无杂质的坦然的绿色，若有若无的钢琴声。蔡东以充满诗意的笔调将这些看似普通的画面娓娓道来，网织起轻盈又令人眷恋的现实生活。这样静止又绵长的时光由一个丧偶的老人敏锐地捕捉到，微小的感受被无限地定格放大拉伸延长。实际上这种纤细的观察并非孤立存在，而是贯穿于整部小说集。作家常常在文字的叙述之外远远地宕开一笔，以清丽的景物描写作为闲笔，调节着小说的内部节奏。在《来访者》这篇小说中，心理疾病患者江恺见到母亲，突然情绪失控地对她恶语相向。在场的几人都被这突如其来的情绪波动惊吓，不知作何反应。在这个激烈对抗的时刻，作者插入了一段景物描写："胡同夹道里，不知谁家的一棵玉兰树，长长的枝条伸出院墙在半空中一颤一颤的，顶上的花开了，花瓣像莹润的白玉叶子，底下花苞鼓鼓的，也快绽开了。"[①] 这是一幅充满生命力的画面，伸出院墙的花枝，含苞待放的花骨朵都显示出属于植物的蓬勃生机，这样的景物描写能够给人带来安静的力量，稍稍冲淡小说中这种由争吵带来的压抑气氛。又如小说《净尘山》中，张倩女是一个因工作压力导致肥胖的职业女性，她在参加同学聚会之后，重新燃起减肥的热切愿望。“她走到窗边，看见一只长尾白鹡鸰轻盈地在空中滑过，纤细的双足一勾，落在树枝上，树枝荡了几下。

① 蔡东．来访者[M]. 武汉：长江文艺出版社，2021：12.

早晨的空气有几丝淡淡的青草香，她拉伸身体，感觉四肢轻盈，双臂舒展如缀满羽毛的翅膀。”① 作者在这个场景的刻画中试图调动人物的视觉、嗅觉、触觉等感觉，来描摹这个身心轻盈的早晨，并将轻盈飞翔、寂静停落的长尾白鹡鸰与四肢轻盈的张倩女置于并列位置，凸显出减肥给她的身心带来的焕然一新的改变。什克洛夫斯基曾言，“正是为了恢复对生活的体验，感觉到事物的存在，为了使石头成其为石头，才存在所谓的艺术”。② 蔡东便是以清丽的语句不厌其烦地描写着食物的制作过程，景物的微小变化，人物的细腻心理，一点点地搬运复原生活内里深处的充盈美丽，令“石头”成为“石头”。

蔡东不但擅长表现景物之美，而且善于以细致的笔触将平淡琐屑的日常生活审美化。面对人们习以为常而深感寡淡的日常生活，她善于“拨动火中之薪”，对生活细节观察入微，下笔干净利落，将人们司空见惯的东西描绘得准确精当。小说《净尘山》开头营造的便是典型的中式美学氛围。母亲劳玉详细地向张倩女描述其父亲教曲时的衣着，“白色麻纱上衣”，“前襟绣着细长的银色竹叶”，又以生动的语言形容他的动作，站起来如“一绺轻雾”，坐下去是卷起的“一幅水墨画”。③ 通过描写衣裳的布料、刺绣、人物的动作，张倩女父亲那种素净淡然的模样就如此清晰地呈现于读者面前。小说还花费诸多笔墨描写餐盘杯盏与一日三餐。“盆里泡着芹菜和萝卜，一把水绿，一滚雪白，散发出蔬菜特有的清冽芳香。”④“她看见有个筐子里叠满纯银。条状的银子，在晨光中闪闪烁烁的。”⑤ 这两处或以颜色指代蔬菜，或以喻体直接指代本体，都活灵活现地描摹出物体本身的性状。

---

① 蔡东．来访者 [M]. 武汉：长江文艺出版社，2021：166.

② [苏] 维・什克洛夫斯基．散文理论 [M]. 北京：百花洲文艺出版社，1994.

③ 蔡东．来访者 [M]. 武汉：长江文艺出版社，2021：154.

④ 蔡东．来访者 [M]. 武汉：长江文艺出版社，2021：42.

⑤ 蔡东．来访者 [M]. 武汉：长江文艺出版社，2021：118−119.

饭菜的香味彰显着世俗生活的喧腾可亲，三餐饮食中包含着太多人间味道。孔子在《礼记》中提出，饮食男女，人之大欲存焉。食欲与情欲是人类无法绕开的两大欲望，体现着人类最基本的生理需求。在日常用语中，人们也常常以惯常的食物来形容情爱中的感受或者现象。例如中国人将男欢女爱之间的嫉妒称为“吃醋”，以食物的酸涩比喻情感中的不满。“吃软饭”则以饭菜的软硬质地形容一方在感情中所处的附属地位。当代小说作家也常常将食与欲的羁绊作为小说创作的主题，例如殳俏的《双食记》、潘向黎的《白水青菜》以及李碧华的《饺子》等。这些小说中的男主角游走于女性之间，使用内容复杂的食与色满足自己挑剔的味蕾。但是与上述小说晦暗阴沉的色调不同，蔡东在小说《净尘山》中将身体物化为可供品尝的食物，以美味的食物展现身体的诱人。张倩女“像一点点鼓胀起来的面包内瓤”，“像藕粉冲过水，渐渐苏醒了鲜藕的颜色和芳香，仿若一块通体晶莹的流动的琥珀”。潘舒墨的口气则是“甘笋青柠檬汁的气味”。[①] 张倩女被捆绑于高薪却残酷的工作中，被捆绑在减肥的欲望与生存的本能之中，食与欲只是她穿透生活缝隙的一种方式，因而小说中将身体物化为食物的描写遥指文本以外的另一重指涉。美食已变成抢夺她的美丽、嘲笑她的失控的镜子，她在镜子前破碎，毫无尊严地缴械投降。但是在情欲之前，身体如食物一般香甜的比喻打破了人们日常生活中对于身材的规训与审判，以原始欲望的展现探讨人们生存本质的谜题。与飘浮于云端的宏大目标相比，在地的生活能够为人们提供更为丰富的意义。景物、服饰、饮食之美都只是微小生活的一个简单分支，但是也包含着人们对日常生活中美的感知以及脚踏实地生活的热切愿望。正如《来访者》一篇中，那些令人痛苦万状的心理问题、困扰人的生存意义的追问，最终都指向一个简单的答案：认真过好平淡

---

① 蔡东．来访者[M]．武汉：长江文艺出版社，2021：174-175.

的日子。就像巨石一样沉重而晦暗的对抗，最终将被平静扎实的生活温柔地化解。小说结尾写到熙熙攘攘的人世间，热热闹闹的烟火气，这是我们与世界真切、深刻而坚韧的联结。

二

相较于外部轰动且复杂的世界，蔡东更注重描绘人物的内在。她经常将笔触深入到家庭生活的细部，在繁复的生活中重现细腻又真挚的感情。她曾在采访中袒露自己的文学创作观念，“作家还是要有志于写透一种人生或一种情感，抵达较深广的境地”[①]。因而无论是小说语言的从容纡徐，还是人物情感的真挚诚恳都是作家创作有意识的追求。难能可贵的是作家并不会使用感情的奇观书写来博人眼球，甚至尽量避免以情感的冲突变成划破纸张的利刃。在小说集中随处可见的是人物内心丰富的情感活动，他们将复杂的情绪化作周而复始向内运转的圆圈，不肯轻易泄露出一丝半点儿，以免灼伤他人。蔡东的小说中偶尔可以瞥见张爱玲与王安忆的影子。张爱玲与王安忆的某些小说擅长描写上海都市弄堂的家长里短、儿女情事、服饰器物、饮食起居，而且小说内部流露出属于女作家的敏锐洞察力与舒缓的叙事节奏。但是就小说的气质而言，张爱玲的情感描写偏向于委婉含蓄，王安忆的情感描写较为醇厚内敛，而蔡东小说的情感描写更注重温暖坦诚，小说的色调总是显得轻快明亮。

蔡东的小说注重展现人性与人情之美，小说中的情绪描写并非直接宣泄，而是如同曲折的河流，百折千回，兜兜转转，才缓缓抵达内心最隐秘的角落。例如开篇小说《她》中就蕴含着浓重的追忆的悲切之情，爱人逝去以后，连

---

① 蔡东．“独立存在的主体性”及虚构之外的内核 [J]. 都市，2022（09）.

海平重回往日温情又平淡的生活场景中，在缓慢流逝的现在与对过去的碎片化回忆中，他怀念着她，怀念着他无法轻盈的灵魂里面的一块余生难忘的沉重。失去亲人的感觉并非如同倾盆大雨一般，悲伤褪去便了无痕迹，那应当是余生漫长的潮湿。连海平日常生活的方方面面已烙印上这种沉重的怀念：睡觉时他习惯躺在她经常睡的地方，他依然会下意识地喊她的名字、等她买菜回家，甚至拒绝承认她已经去世的事实。他不但一次次忘记老伴已去世的事实，也一次次忘记自己老去的事实。这些事实由现实反弹到他身上，他才迟钝地捕捉到那些信号，这些滞后的感觉为生活增添了悲伤的余绪。事实上，无论是亲人之间的感情，还是陌生人之间的感情，都拥有复杂的形状，就像盛放在不同容器中的颜色各异的液体一样。蔡东用一种像玻璃一样脆弱且透明的文学容器承载着闪烁着微光的善意情感，这种柔和的光芒照射着小说集中的所有人。于是在她的小说中就会看到这样的场景：年迈的儿媳疲于照顾患病的公公，却因为心底的善意，不忍心将之弃之不顾；独居海岛的女人途经养老院，看到与自己母亲面目相似的老人，会不由自主地关心她的身体状况；心理咨询师看到深受性格问题困扰的青年，联想起自己未曾存活下来的孩子，于是尽自己所能从困境中去救赎他。或许他们之间没有深厚的血脉联系，但是微弱的善意却像一根纽带一般，将生命长河中的溺水之人与搭救者紧紧联系在一起。

小说集还常以直抒胸臆的方式表达温柔而热烈的情感，这种情真意切的情感是支撑小说文本肌理的精神内核。“不用她开口，我就自愿化作她需要的任何东西，腰间的一根银链，手腕的一束飘带，一束追逐她的光，甚至是她足底的一双舞鞋。”[①] 小说《她》结尾的这段自我独白令人想起陶渊明《闲情赋》中

① 蔡东．来访者 [M]. 武汉：长江文艺出版社，2021：23.

的句子“愿在衣而为领，承华首之余芳……愿在裳而为带，束窈窕之纤身”。陶渊明以“十愿”寄托自己愿为钟情之人毫无保留地付出的炽热之情，蔡东小说中男主角的发愿同样地恳切热诚，而且更添一丝悲凄。事实上，连海平在妻子去世以后对往事抽丝剥茧，才发现早已为家庭牺牲舞蹈梦想的妻子在繁琐的生活中无时无刻不在秘密起舞。由此经过反复的检视以后，他终于决定回到那个令他后悔不已的时刻，回到那个她反复摩挲演出服，他却一言不发的时刻。然而今生他与亡妻已经没有见面的机会，所有愧对妻子的遗憾无法消止，只留下无言的漫长时光。《净尘山》中的母亲观察着沉睡中的女儿，想象着他们在遥远的未来的重逢：“再往后，不知道多少年以后，总有这一天，她得病了，去世了，她的魂魄也会循着这沉稳的呼吸声，在人世里找到女儿，不呼唤，不打扰，只远远地看着她，守着她。”[①] 无论是记忆的往前追溯，还是想象的往后延伸，作为个体的人类只是无限长河中的一个微小尘埃，在短暂的相遇后就不可避免地走向漫长的黑夜。

小说《往生》之中，康莲便秉承这种相对积极的生死观，希望以死亡来完成对苦难现实的超脱。因此“往生”既是肉体生命的终点，也是另一种生命的起点，多少带一点向死而生的意味。家庭主妇康莲在濒临死亡的时刻，欣慰地以为自己终于可以摆脱生活的重压。但是急匆匆赶来的丈夫为她及时喂药，于是略微苦涩的生活终因厚重的情感得以延续下去。生命的历程就像梦幻泡影一般，但是真情织就的网络将人们包裹在一起，每一种关系的剥离都意味着一种伤及血肉的撕扯。小说集中也常写到人物之间的裂隙，既有夫妻之间的裂隙，也有父母与子女之间的裂隙。当这种裂隙产生的时候，他们本能地选择以逃避的方式进行面对，由自由的空间缝补难以弥合的裂隙。或

① 蔡东．来访者 [M]. 武汉：长江文艺出版社，2021：114.

许正是由裂隙带来的距离感为双方提供了一个停顿的契机，使情感得以拥有更为强韧且恒久的张力。

三

蔡东常年生活在深圳，她将深圳的城市生活纳入小说的书写当中。此外，深圳周围的小城留州也常作为其对立意象出现。在以城市作为叙事背景的前提下，生活的困境与突围就掩藏在小说的褶皱之中。《往生》中作者借助小说人物之口反映当代人在消费社会的负重感，“康莲时常想，忘了从哪天开始，她身处的这座小城市也变了，人们特别需要钱，特别喜欢买东西。她说依我看，用不了几年，我们这里也快成深圳了”。[①]受到深圳的辐射带动效应，周围的小城市难免沾染同样的消费风气与生活节奏，并且人们在瞬息万变的生活中体验着转型升级带来的阵痛。前文提及，蔡东喜欢在小说中描绘小说人物沉浸于服饰器物之美，流连于景色美食之美，然而都市社会蓬勃的物欲总会令人感觉贫瘠的生活无法供养精致的审美，繁忙的生活没有给精神的发展提供容身之所。小说中的女性对日常生活的审美追求是在现代商业逻辑包裹下进行的，倘若不以物的占有作为审美的前提，她们就无法从器物中得到美的体验，因此在这种平淡冲和的小说质地中隐含着理想与现实之间的龃龉。于是他们或以日常生活审美化追求“区隔社会阶层和群落”，“以高蹈的人生姿态反抗庸常”[②]，或逃离现实生活的桎梏，在遥远的地方重获自由舒展的机会。

小说还集中展现了都市生活中人们的一种普遍的生存困境，那就是按部就班的工作导致人的异化。小说《我想要的一天》中，麦思夫妻二人向父母诉说

---

① 蔡东．来访者[M].武汉：长江文艺出版社，2021：61.

② 何平．日常世界的痛楚和等量的喜悦——蔡东小说论[J].当代作家评论，2022（01）：135.

他们对工作的厌倦，父母对此高度警惕，并告诉他们要安于现状，好好工作。作者在小说中写道，深圳的繁华侵吞了人们的身体健康与基本尊严，但是抛洒给人们足以谋生的优渥报酬。于是人们只得接下这种耻辱的回报，忘掉自己昔日的梦想，日复一日地将生活填埋在沉默的巨兽之口。麦思二人在黑夜中谈论过如何学习阿谀谄媚，讨论过如何结交显贵的老乡送礼。在沉重的生活压力的缝隙中，他们安静读书、认真游戏、短暂逃离。小说集中流连着工作者的疲惫，这种疲惫在《净尘山》中被推演至极致。张倩女在深圳的高科技公司工作，为了完成严峻的任务不得不经常加班熬夜，致使身体日益肥胖。他们对职场满怀抵牾与厌倦情绪，却又不敢擅自逃离，他们无力对抗乏力的生活，但是却拥有十分细腻的触觉，这令他们更加痛苦。原来他们对生活的纤细感受，放置的精致碗碟只是一点软弱的改良。有了一点小小的趣味，便可继续重复无趣的生活。与更为鲜血淋漓的生活相比，他们这种高于生活以外的仰望或多或少显得有些单薄。就像《净尘山》中的潘舒墨一般，他住着寒酸破旧的单人间，穿着需要每日清洗的衬衫，拥有着无法跳脱的窘迫生活与令人羞赧的卑微工作。他的生活已经丧失了自由选择的权力与仰望星空的愿望，他只能安坐于沉默的井底，等待着用少得可怜的东西满足自己想要的简单需求，例如一间属于自己的房子抑或是一份体面安稳的工作。《通天桥》之中的主人公呼延飞屈从于资本的召唤，选择前往桥南居住。那堵横亘于通天桥之上的高墙就像城市生活的具体意象，墙的两侧隔开层次分明的生活，令人难以逾越。从这个角度而言，《通天桥》这篇小说以一种充满象征隐喻的意象，试图探求更为深刻且残酷的都市生活。

既然繁重的工作已无法为生活提供任何趣味，那么人们为何没有选择彻底放弃无趣的工作呢？首先，脱离生活秩序的人既需要有直面自我的勇气，也需要承受他人的非议。《我想要的一天》中春莉辞去公务员职务，选择离开家乡，前往深圳从事像写作这样的自由职业。小城的妇女们认为春莉必然受到大城市丰厚利益的诱引，才会大龄辞去稳定的工作。这些老家的亲戚们对大城市的冰冷与快节奏颇有微词，他们始终认为身处其间的小城市是经济实惠的宜居之所，但是他们抱有对大城市的朦胧幻想。倘若他们发现春莉的辞职只是始于追求自由的冲动之举，戳破隐藏在想象之上的薄膜之后，恐怕会认为这是十足的愚蠢之举。春莉在写作投稿接连失败以后前去苏州游玩，她说苏州城门上面有伍子胥的眼睛。“抉吾眼县东门之上，以观越寇之入灭吴也。”① 来自小城的窥探与注视就像高悬于城门之上的预言之眼一样，对于敌兵长驱直入、己方落花流水早有预见且乐见其成。春莉想到如此刚烈的句子，或许是因为她发现了生活中的某些真相。那就是人生并非仅靠热爱就可以纵横四海的旷野，而是囿于条条框框的限制而无法轻易逃离的禁锢之地。对人们对于稳重与秩序赋予的安全感，小说也从侧面进行了回答。麦思曾经目睹下岗职工站在工厂门前的场景，“她记得那天阳光很好，从高空照下来，人们脸上的阴沉和凄迷却凝成挥之不去的浓雾。几百个中年技工木然地站在留州丙纶厂紧闭的铁门前，人身在地面上投下一大片阴影。据说，已经第十一天了，他们仍在确认自身的渺小和个人意志的虚幻，曾经坚信不疑的安稳，跟他们一刀两断，说断就断了”。② 虽然小说对于下岗职工潮只是轻描淡写地一笔带过，但是这种人们被毫无先兆地抛弃于市场洪流中的绝望已成为烙印于人们心底的深重的阴影。“要怎样对一粒尘埃解释风暴？即使那尘埃置身于大时代的烈风之中，也无法明白这撕裂一切的力量从何而来。”③ 人们迟钝又麻木地慢慢接受了他们被稳定与秩序抛弃的事实，却不知在时代的狂风中，他们此时身处何种位置。中国漫长的农业文明赋予人民安土重迁、勤劳务实的性格，而下岗潮带来的阴影与沉重则以更为鲜明的教

① 蔡东．来访者 [M]. 武汉：长江文艺出版社，2021：152.

② 蔡东．来访者 [M]. 武汉：长江文艺出版社，2021：150.

③ 马伯庸．大医·破晓篇 [M]. 上海：上海文艺出版社，2022.

训驱使着人们抓住生活安稳的一切机会。人们通常认为东北转型的阵痛与深圳的崛起遥相呼应，毕竟在东北面临重工业转型升级的困顿与迷茫的同时，深圳乘着改革开放的东风，迅速崛起为中国新的经济增长点，并在极短的时间内由小村落成长为现代化大都市。然而深圳的角落也随处潜藏着“咽下一枚铁做的月亮”的小人物，他们在繁重的工作与自由的灵魂之间浮沉，寻找着能够让两者各得其所的缝隙。好在借助作家的细致描写，狂风中的尘埃也将在碰撞与摩擦之中发出微弱的声音。

结　语

蔡东的小说就像一场趁着夜色飘然而至的温润细雨，拥有轻盈的质地与氤氲的水雾，待到次日清晨，洗去浮尘的万物重返自然与新意，于是桩桩件件都值得琢磨与玩味。本文论及《来访者》之中琐碎的日常生活、温暖的人情与荆棘丛生的都市生活，这样的分析或许缺少独特性与全面性，但是确实触及到小说集内部的某些特征。“静”与“美”既是小说集中的主要描写对象，也可以描述这部小说集内部特质的关键词。此外，小说集最让人印象深刻之处恐怕就是蔡东对生活的细致感受力与深厚的描摹功底，她以诗意的语言钩织起文学与生活之间的对照关系，令小说描写的现实不像对真实生活的模仿，更像对真实生活的另一种重现。这种潜藏在文本之中的对照既来源于作家自觉的艺术追求，也传递出俗世生活的简朴密码，那就是回归生活本身。

作者简介

刘秀庆，宁夏大学文学院文艺学专业硕士研究生，获2022年宁夏大学生原创文学大赛三等奖。

入围奖

生存还是毁灭

——观《一个人的莎士比亚》有感（节选）

赵若溪

和朋友一起去看了舞台剧《一个人的莎士比亚》，颇有感触，写下此篇。

——小记

这部剧究竟讲了什么，我想留下一定的悬念。他的表演方式非常特别，很能带动观众的情绪，作为观众的我又笑又哭。我想说说给我留下印象最深刻的几个片段。

其中一个片段是老校长喝醉之后给学生们讲述自己在母亲去世的那天晚上和一个美丽的女人在他母亲的坟上做爱的片段。对于中国人来说，这样的事情可以说是大逆不道。在刚看到这个片段的时候，我心里还在想这是不是有些太过露骨，但是在看完约瑟夫的演绎之后，我体会到了一些这个片段对于我的意义。老校长在一个悲伤的夜晚与女人欢爱，在一个埋葬尸骨的地方做着孕育新生命的事。他跟女人说一定要好好尽兴，最后，在日出时分他们一起走出了墓地。

“夜晚过去了，日光向前伸展着。

在我身后躺着无法忘怀的死者，

但在我身边走着眼神迷离的女人

她在太阳升起时就这么大笑着……”

整个小故事给我的感觉就像是一颗小小的种子。它在土地里生根发芽，孕育着一种生命的循环和生生不息。那种蓬勃的生命力像植物的孢子一样弥漫在剧院的空气里，弥漫在我们和约瑟夫之间。“活在当下，去追寻任何自己想要的快乐，无论你以前经历过什么。”这是我最大的感受。我又想起，在背诵屈原的《山鬼》时，看到骆玉明老师关于宋玉所写的高唐神女说过这样一段话：“这背后其实是一个美丽的女性对于性满足的期待和要求，这些东西大家不要用很枯燥的，道德化的词语去理解它，这些故事里面隐含着人类的一些最深刻的、对生命的期待、愿望和悲伤。不要把它理解为纵欲享乐的一些故事。”这不正和这部剧里的这个故事所要表达的一些意义相契合吗？“人类的一些最深刻的、对生命的期待、愿望和悲伤”正是我所感受到的，一种向死而生的，大自然循环所带来的伟力。人类的欲望，这是一个亘古不变的命题，它总是不断地被演绎和讨论。

骆玉明教授还说过，“无论从个人的历史而言，还是从整体历史而言，美好的东西不断地被毁灭。我们一生的过程几乎就是看着美好事物被毁灭的过程，因此从哀悼美好东西的毁灭里所流露出来的悲伤，是人类很深刻的悲哀感情。世界永远不能像我们所希望的那样美好，我们自己也永远不像我们希望的那么美好，所以要有诗歌。

我想，不仅要有诗歌，还要有文学，有电影，有艺术。文学不死，艺术永存。

作者简介

赵若溪，北方民族大学文学与新闻传播学院汉语言文学专业2022级学生。

入围奖

农田里的诗情与诗境

——评石舒清小说《花开时节》（节选）

邓 琪

《花开时节》放在石舒清的短篇小说中，仿若一朵妍丽的鲜花肆意地盛放在宁夏这片厚重的黄土地上，令人耳目一新。这不仅表现在它诗化的细腻的语言上，也与它对自然风貌的灵性描绘，以及青春少女对爱情矛盾而又温情的懵懂感知息息相关。这和作家以往对死亡，对苦难，对人性进行严肃、现实、悲苦的书写是截然不同的。这里的土地不再贫瘠，不再荒凉，而是显出一派生机，色彩斑斓。在盛开着荞麦花和洋芋花的农田里，花、草、蜜蜂在自然的世界里低语，爱情的迷雾正淡淡然地氤氲开来。《花开时节》字里行间流露着石舒清小说所少有的浪漫色彩，似乎连空气都是自由欢快而非凝重板滞的。这篇小说以无所不知的零聚焦叙事为视角。围绕铲草少女宰乃拜和没有留下姓名的放蜂男子，展开了一段诗意、雅致、真切又动人的爱情故事。读来，别有一番诗情与诗境。

什么是青春爱情？再多动人的诗句在这对小说人物面前也黯然失色。作家把宰乃拜的情感放在明处，放蜂男子对照片中女子的感情和对宰乃拜的感情，那种在取舍中的纠葛，作家将其放在暗处。明处之情让人潸然泪下，暗处之情让人思之即痛。可以说，宰乃拜和放蜂男子的感情是唯美又悲凉的，令人喜之悲之，咏之叹之，哀之怨之。青春爱情就是这样，让人无所顾忌又束手无策，在深情忘我中被刺痛，在遗憾中回忆并成长。就像《花开时节》中，作家写洋芋时所说的，“洋芋要繁衍，要长大，就使绷得很紧的地骤然裂开，成了这样一副痛楚而又狂喜的样子”。宰乃拜何尝不是这样？人的繁衍、爱情和成长何尝不是这样？因此，即便是被冠以过度解读的名头，我们也有理由认为，作家早在此处就已暗示了宰乃拜的命运和本篇小说的某个话题。

像《花开时节》这样的小说，可以称为“美的小说”。它在石舒清文学中的特殊性和重要性都应得到重视，是别致的存在。陕西文学中，青年作家冯北仲的中篇小说《四块玉》，也是这样的小说。这种小说美的特质就决定了其必然受到读者的喜爱，也将是文学世界里最令人神往的美的圣地。

作者简介

邓琪，宁夏大学文学院文艺学专业2022级硕士研究生。在《朔方》《百花》《桥山》等报章杂志发表文章多篇。获陕西省文化馆“百花绽放”群众文学创作大赛小说类二等奖。